司馬遼太郎と藤沢周平

「歴史と人間」をどう読むか

佐高　信

知恵の森文庫

光文社

司馬遼太郎と藤沢周平——目次

第一章　両者の違い

(1)「上からの視点」と「市井《しせい》に生きる」

司馬遼太郎が読めなくなる

一九八二年秋、第一勧業銀行シンガポール支店で為替投機の失敗によって九十七億円にのぼる損失を出し、解雇された同支店資金課長の神田晴夫は、それから六年後の八八年十月、胃ガンのため、四十七歳で亡くなった。ロンドンという異郷の地で迎えた死である。

かつては、男らしさに惹かれ、司馬遼太郎の作品を愛読した神田だったが、解雇され、さらに三男を病気で亡くすという不幸に見舞われてからは、山本周五郎の作品をむさぼるように読んでいたという。おそらく、山本周五郎の後継者といわれる藤沢周平の小説も耽読《たんどく》していたにちがいない。

加藤仁の『ディーリングルーム25時』(講談社文庫・原題『「円」の戦士』)のなかで、神田の友人がこう言っている。

「能力主義の外資系企業にくらべると、終身雇用の日系企業は、ある日突然お払い箱にならず、身の危険はなく勤務できるといわれてきたが、果たしてどうでしょうか。神田さんの例をもちだすまでもなく、たった一回の失敗によって、サラリーマンとしての生命を断たれることもある」

神田のように、司馬遼太郎から山本周五郎、あるいは藤沢周平へという変換はあるのだろう。しかし、その逆はないのではないか。

たぶん、同じようなコースをたどったと思われる人に、高杉良の『懲戒解雇』（講談社文庫）の主人公のモデル、所沢仁がいる。

三菱油化（現・三菱化学）のエリート課長で、社長表彰を受けたこともある所沢は、首脳陣の派閥争いのあおりを食って解雇されそうになり、地位保全の訴えを起こす。前代未聞の事件だった。

所沢が会社を訴えて、翌朝、出社すると、所沢の机の上には女子社員たちからの花束がいまにもこぼれ落ちんばかりに置かれていた。新聞にも大きく書きたてられ、さすがに会社へ来るのは気が重かっただけに、所沢は胸が熱くなった。

その後も、彼女たちはいろいろな情報を提供してくれたし、女子社員たちだけでなく、見も知らぬ男性社員も励ましてくれた。

「会社ってこんな人もいてやっていたんだな」

そのとき、所沢はこう思った。会社を訴えるようなことにならなかったら、エリートとして先頭を突っ走ってきた自分は、こうした人たちの存在に生涯気づくことがなかっただろう。

軒を出て狗《いぬ》寒月に照らされる

藤沢周平にこんな句がある。藤沢の眼は人だけでなく、犬にまで及ぶ。

藤沢は、時代小説の中で、自分は山本周五郎とともに「多分人生派とでもいったところに分類されそうな気がする」と書いている。そして「親戚のように身近なひと」である山本の作品と自分のそれが似ていると言われることについて、

《そう言われたことにやはり無関心ではいられなくて、いつかはそこのところに何らかの筋道をつけて納得したいという気持があった。しかし、そう思いながらじつは筋道をつける何の努力もしていないので、周五郎さんについて何か書けと言われると、まるでまだやっていない宿題を提出しろと言われたように、異様にあわてふためいて、とにかく何か書かなければと思ってしまう傾向がある》

と述懐している。

『ふるさとへ廻る六部は』（新潮文庫）所収の、『山本周五郎全集』へ寄せた一文で藤沢はこう書いているが、藤沢や山本が「人生派」なら司馬は「統制派」だろう。どうしても、上からコントロールする感じがつきまとう。

昭和二年生まれの藤沢は、また、自らも軍国少年として級友をアジリ、一緒に予科練の試験を受けさせたりした悔いが、三十数年たっても消えないとして、

《以来私は、右であれ左であれ、ひとをアジることだけは、二度とすまいと心に決めた。近ごろまた、私などにはぴんと来る、聞きおぼえのある声がひびきはじめたようだが、年寄りが若いひとをアジるのはよくないと思う》

と警告している。

《私が書く武家物の小説の主人公たちは、大ていは浪人者、勤め持ちの中でも薄禄《はくろく》の下級武士、あるいは家の中の待遇が、長男とは格段の差がある次、三男などである。つまり武家社会の中では主流とは言えない、組織からの脱落者、あるいは武家社会の中で呼吸してはいるものの、どちらかといえば傍流にいる人びとなどを、主として取り上げているということである》

藤沢のこの自己告白は、そのまま山本周五郎の告白としてもいい。

「将」ではなく「兵」が支えた日本

サラリーマンが時代小説に共感を寄せるのは、現代の企業社会が「日立藩」「松下藩」「トヨタ藩」と名前を変えてもいいほどの封建社会だからだが、周五郎作品を愛するサラリーマンは、たとえば『樅ノ木は残った』（新潮文庫）の原田甲斐の「耐え忍び、耐え抜くことだ」といった言葉に強く惹かれるのだろう。

しかし、直木賞拒否が示すごとく、山本は「耐え忍ぶ」といった不自然なことに価値をおいてはいない。

家来の丹三郎が死を覚悟で、鬼役《おにやく》、つまり主君の毒味役にあがることになったとき、「どうしても思いとまる気はないのか」と、甲斐は止める。

それを振り切って、丹三郎はお役に立ちたいと言う。自分のためにそこまで尽くそうとする丹三郎を送る席を設けながら、甲斐はつぶやく。

《――だがおれは好まない。

国のために、藩のため主人のため、また愛する者のために、自からすすんで死ぬ、ということは、侍の道徳としてだけつくられたものではなく、人間感情のもっとも純粋な燃焼の一つとして存在して来たし、今後も存在することだろう。——だがおれは好まない、甲斐はそっと頭を振った》

丹三郎のような死には犠牲の壮烈さと美しさがあるとしても、それはやはり、生きぬいてゆくことには、はるかに及ばない。

《「こういうときに侍に生れあわせ、おれのような主人を持ったのが不運だった。おれを憎め、おれを恨め、だが、役目だけは果してくれ」》

原田甲斐は、原田夫人とのかかわりで自殺しようとしていた家来に、こう言って頼む。この「役目だけは果してくれ」といった言葉を、封建的な日本企業に働く多くのサラリーマンは自分の言葉としてつぶやくのかもしれないが、甲斐自身は、むしろ、そうした価値を突き放している。いや、作者の山本がそれを突き放しているのでなければ、こうは書けないだろう。

《裏切るために人の好意や信頼をつなぎとめるということは辛い。おれはそういう辛さを五年あまりも続けて来た。この年月、自分に課された義務と、裏切ることの罪悪感との板挟《いたばさ》みになっている苦痛が、どんなに耐えがたいものであるか、知っている者は一人もいないだろう。そして、おれがどれほど平常で安穏な生活を求めているかということも》

藤沢にとって山本が「親戚のように身近なひと」とはいえ、たとえば山本を「伯父」とすれば、「伯父」に拠って「甥」の藤沢を語りすぎたかもしれない。しかし、伯父に遡ると〝血筋〟がよく見えるということもあるのである。

藤沢は『三屋清左衛門残日録』（文春文庫）に、こう書いている。

《人間はそうあるべきなのだろう。衰えて死がおとずれるそのときは、おのれをそれまで生かしめたすべてのものに感謝をささげて生を終ればよい。しかしいよいよ死ぬるそのときまでは、人間はあたえられた命をいとおしみ、力を尽して生き抜かねばならぬ》

そんな藤沢と違って司馬遼太郎は「死は美であるとしか考えられなかった」乃木希典《のぎまれすけ》を『殉死』（文春文庫）という作品で描いた。妻までがすぐにその後を追って殉死した〝軍神〟乃木を司馬は彫刻したのである。

軍神の立場に立てる司馬とは違って、藤沢はあくまでも死を遠ざけようとする。「人間はあたえられた命をいとおしみ、力を尽して生き抜かねばならぬ」と、生を追求するのである。「一将功成って万骨枯る」ではないが、死を美化しがちな司馬と、屈辱多き生であっても、やはり生きねばならぬとする藤沢との、決定的な違いがここにある。

藤沢は「信長ぎらい」というエッセイで、叡山の焼き討ちをはじめとする信長の行なった殺戮《さつりく》を挙げ、こう断じている。

《こうした殺戮を、戦国という時代のせいにすることは出来ないだろう。ナチス・ドイツによるユダヤ人大虐殺、カンボジアにおける自国民大虐殺。殺す者は、時代を問わずにいつでも殺すのである。しかも信長にしろ、ヒットラーにしろ、あるいはポル・ポトの政府にしろ、無力な者を殺す行為をささえる思想、あるいは使命感といったものを持っていたと思われるところが厄介なところである。権力者にこういう出力をされては、庶民はたまったものではない》

司馬にこういう視点はない。『この国のかたち　一』（文春文庫）所収の「信長と独裁」では逆に、「信長は、すべてが独創的だった」と手放しで礼賛している。

型破りの日銀マンで、請われてルワンダ中央銀行の総裁となった服部正也は、その著『ルワンダ中央銀行総裁日記』（中公新書）に、自らの戦争体験を踏まえつつ、「私は戦に勝つのは兵の強さであり、戦に負けるのは将の弱さであると固く信じている」と書いた。

つまり、これまで日本が何とかもってきたのは、藤沢作品を読むような「兵」たちが、「将」たちの愚かさに耐えながら支えてきたからであり、リーダーたちがその責任を果たしてきたからではまったくない。

ところが、日本の政財界の将たちは、あたかも自分たちに能力があったからのように錯覚してきた。彼らをその気にさせたのは司馬遼太郎である。

司馬遼太郎が小説を書かなくなった理由

他の点では深く共鳴する井上ひさしと、私は司馬をめぐって激論をかわした。『頓智《とんち》』の一九九六年六月号でだが（ダイヤモンド社刊『佐高信が行く・天の巻』所収）、そのサワリを次に引こう。

佐高　司馬さんを読む側の社長たちの、ほんとに出鱈目《でたらめ》な無責任さのほうから見ますと、司馬さんの本はためになっていないというか、致死量の毒にはなってない。それはやっぱり致死量盛らないと、日本のリーダーたちはあまりに無責任ですから、絶対気づかないんですよね。致死量盛っても気づかないような人ばかりですから（笑）。

井上　これはこっちが勝手に推測していることですけれども、司馬さんが小説をおやめになった動機の一つに、読者との関係を疑い出したということがあると思います。「自分には読者がいる。自分の書くもので慰められ励まされている読者がいる。だから自分は彼らに向かって書けばいいんだ」という手応えを感じながら書いていくことができる時期、これは小説家にとっていちばん幸福な時期です。ところが、それが信用できなくなるときがあるんですね。

作家は皆、読者との関係を疑い出したときに、小説を書かなくなるんです。司馬さんにもそれが起きていたのではないか。『街道をゆく』と『この国のかたち』の二本に絞ったところに、いままでの自分の作品と読者を、実は切ってしまわれたという気がします。

その本当の形は、あと五年もあれば誰の目にも明らかになるはずだった……。

佐高　一度恋した人のいいところを、一所懸命見つけようとしているような感じ（笑）。

井上　かもしれませんね。

佐高　大企業の社長で、誰か愛読書に『この国のかたち』をあげる人がいるかなと思って見てましたが、やはり誰もあげなかったですね。それからこのところよく聞くのは「司馬遼は怒りっぽくなった」という声ですね。

ただ、最後の住専問題に怒る遺書みたいなあれ、企業の社長たちもあげますよね。

井上　あげています。

佐高　私は「お前たちに言ってる話なんだぞ」と言いたいですね。それは、住専の経営者と大蔵省の関係みたいなもので、「あなたがいままで甘やかしてきたからこうなったんじゃないの」と。私は大蔵省の責任と同じように、司馬遼太郎の責任を追及したい。あの社長たちにとっては安岡正篤《やすおかまさひろ》（歴代総理の指南番）という人と、司馬遼太郎という人はほぼ並んでいるんですよね。どういう位置かと言いますと、すべて動機主義です。動機はよかった、と。日本の指導者層が、ずうっと引きずっているのは「動機はよかったんだ」という話。「結果は、ちょっとおかしくなったかもしれないけれども、動機はいいじゃないか」と動機によって、全部結果を免罪する。その弁明のテキストが安岡正篤であり司馬遼太郎になっている。

この前段では、井上は司馬を、それまでの「戦前のものは全部だめだった」という直線史観に対して、「そうでもなかったのではないか」という史観をもって登場した、と弁護している。

歴史清算主義的な暗黒史観への揺り戻しだというわけだが、しかし、それは、藤沢の言葉を借りれば、藤沢などにはぴんとくる「聞きおぼえのある声」によって「年寄りが若いひとをアジる」〝自由主義史観〟という名の唯我独尊史観論者に見事に利用されている。

「新しい歴史教科書をつくる会」を組織し、ヒステリックな声をあげる藤岡信勝は、「司馬史観」と自由主義史観は同じ立場にあると主張している。

藤岡によれば、司馬は『坂の上の雲』（文春文庫）で、「国家像や人間像を悪玉か善玉かという、その両極端でしかとらえられない」歴史学を批判したのだとか。

もちろん、歴史において個人の要素を否定することはできないけれども、すべて個人が動かしたように描くことは、その時代の状況を無視した個人肥大史観の誤りを犯す。司馬史観は頭デッカチならぬ個人デッカチの歪《ゆが》んだ史観だと思うのである。

ここで、いま少し、井上ひさしと私の対談を引こう。

佐高　私が司馬遼太郎さんを非常に敬遠するようになったのは、まず第一に読めないいんですね。そのリズムに入っていけないのと、なんかあの史観に抵抗があった。

それともう一つ、読者の側から作家を規定するということも必要ですよね。日本の愚かなる経営者たちが、ほとんど全部、司馬遼太郎の『坂の上の雲』なんかを愛読書としてあげる。その社長たちを私は知っていますから「あいつが愛読書としてあげるんじゃ、こりゃろくなもんじゃない」と（笑）。そういういちばん無責任な経営者たちに、毒になってないということです。毒として届いてないということは、やっぱり作者の責任なんじゃないかと。

井上さんは小説以外の『この国のかたち』云々《うんぬん》とおっしゃいましたけれども、三、四年前ぐらいに、とにかく日本は天皇制を基本にしていかなきゃだめだということを、『中央公論』か何かで書いてるんですね。そうすると平等ということも、司馬さん的平等観、現状肯定みたいな平等観ですよね。

いちばんいま虐《しいた》げられているというか、抑圧的状況にいる人たちが受け入れられるような平等観ではなくて、いまの現状を瞬間凍結するような平等観なんじゃないか。

そういう平等観だから、社長たちが安心して読む。自分があたかも竜馬になったように錯覚を与える、罪な作家だと言ったんですが……。

井上　なるほど。現在《いま》を凍結する危険作家ですか（笑）。

佐高　危険というか……。変革のエネルギーというふうなものを秘めてない平等観じゃないかと。

井上　そうおっしゃられると、もうなるほどというしかないんですが、しかし、『この国のかたち』の一巻目二巻目を読んだとき、「あれっ、作家は成長する、変化するというのはほんとに言えるんだな」と僕は思った。

文化勲章までいくと、そんなに変わる必要もないと思うんですが、「ああ、この人は必死になって変わりながら、実は御自分の作品群を『この国のかたち』という、エッセイと言うか評論と言うか、司馬さん独特の書き方で、実は自己批判をなさっているな」と感じて感服したのです。そして、もう五年ぐらい『この国のかたち』をお書きになったら、相当烈《はげ》しいところにいったんじゃないかという気がします。

自分の作品を愛読していると称する社長たちに、実は「本当に私の作品を愛読していていいんですか」と鋭く匕首《あいくち》を突き付けることになったのじゃないでしょうか。『この国のかたち』にはそれぐらいのパワーはありますよ。

井上ひさしにここまで推薦されて、私も『この国のかたち』を読んでみたが、前記の「信長礼賛」が出てくるのは第一巻である。私にはやはり、司馬がそれほど変わったとは思えない。

ある種のジョークとして、「江戸城は誰がつくったか」という話がある。太田道灌《おおたどうかん》と答えると正解で、大工と左官がつくったというと笑われるのだが、しかし、藤沢は笑わないだろう。井上も笑わないのではないか。太田道灌と答えることにためらうのが藤沢であり、ためらわないのが司馬遼太郎だろう。そこに経営者たちは乗り、〝社畜〟たちも盲従する。サラリーマンは、自分たちは大工や左官ではないと思っているのである。その錯覚を与えることに司馬は貢献してきた。

悪人を書かない「人間観の浅さ」

司馬史観の特徴は次の「上からの視点」に要約される。

「ビルから下をながめている。平素、すみなれた町でもまるでちがった地理風景にみえ、そのなかを小さな車が、小さな人が通ってゆく。そんな視点の物理的高さを私はこのんでいる。つまり、一人の人間をみるとき、私は階段をのぼって行って屋上へ出、その上からあらためてのぞきこんでその人を見る。おなじ水平面上でその人を見るより、別なおもしろさがある」

これに対し、徹底的に「差別される者」の立場に立って時代小説を書いたのが隆慶一郎《りゅうけいいちろう》である。隆の処女作『吉原御免状』（新潮文庫）に、柳生宗冬《やぎゅうむねふゆ》が主人公の松永誠一郎にこう教える場面がある。

《「正邪相闘わば、邪、必ず勝つ。清と醜もまた同じ。剣士は醜く邪《よこし》まであることを恐れてはならぬ」》

これは、誠一郎の師、宮本武蔵の教えとまったく同じだった。作者の隆は、そして、それをこう解説する。

《闘いの場において、正しい生、美しい生はあっても、正しい死、美しい死はない。死を正しい、美しいというのは、戦闘に参加しない他人の評価である。己が生死を他人の評価に委《まか》せてたまるか》

隆はかつて、池田一朗という本名で、司馬の直木賞受賞作『梟《ふくろう》の城』（新潮文庫）の脚本を書いたことがある。

『梟の城』は二人の伊賀者の物語だった。井上ひさしの言うごとく、司馬が変わったとすれば、すでに小説において、初期の「無名」の者を主人公とした作品から、まもなく、「有名」の者を主人公とする作品に重心移動したのである。

それに納得できなかった池田一朗が隆慶一郎という筆名で、自ら時代小説を書き始めたということもできる。

藤沢作品に登場するのも、多くは市井《しせい》の無名者である。有名の人間に焦点を当てた場合でも、歌人の長塚節《ながつかたかし》とか、俳人の小林一茶とか、華々しい生涯を送った人ではない。

魯迅に「出関」という作品がある。そこで老子は自らを孔子と比較して、「同じ一足の靴であろうとも、わしのは、流沙《りゅうさ》を踏むもの、彼のは、朝廷へ登るものだ」と語る。

やはり、無名の者を描く池波正太郎と共に、藤沢の靴は「流沙を踏むもの」なのだろう。そして、司馬の靴は「朝廷へ登るもの」である。

その違いを、無意識にか、告白している藤沢のエッセイがある。文藝春秋編『司馬遼太郎の世界』所収の「遠くて近い人」である。しかし、読後には、タイトルは「近くて遠い人」ではないかという印象が残る。

そこで藤沢は、司馬に会ったのは「ただ一度だけ」で、「作品のよき読者でもなかった」とも書いている。

《なにしろ最後まで読み切った作品といえば「項羽と劉邦」、「ひとびとの跫音《あしおと》」、「関ヶ原」の三作、ほかに新聞連載の「花神」を不完全ながら読んだぐらいである。世評高い「竜馬がゆく」、「坂の上の雲」も「翔ぶが如く」も読んではいない》

それに比して池波の小説は「比較的沢山読んだ」と言う。

その違いを藤沢は、池波作品が一話読切り形式だからというところに求めているが、しかし、ミステリーなら一話読切りでなくとも読んでいるのである。だから、やはり、司馬作品は藤沢の波長に合わなかったのだと言ったほうがいい。

《私はいつかはいくばくかのひまを得て「坂の上の雲」、「翔ぶが如く」といった長編を読みたいといまもねがっているのだが、たとえそれらが読めなくても、「ひとびとの跫音」一冊を読んだことで後悔しないで済むだろうと思うところがある》

藤沢はこう付け加えてもいる。そして『この国のかたち』や『街道をゆく』シリーズは「人後に落ちない愛読者であった」と続けているのだが、それは藤沢の心遣いであって、「読めなかった」ということだろう。

これはじつに率直に、自らと司馬との違いを語った貴重な証言である。

『プレジデント』の一九九七年三月号・臨時増刊「司馬遼太郎がゆく」によれば、経営者が好きな司馬作品は、

一位『坂の上の雲』
二位『竜馬がゆく』
三位『翔ぶが如く』

なのに対し、サラリーマンのほうは、

一位『竜馬がゆく』
二位『翔ぶが如く』
三位『国盗り物語』

となるという。

しかし、いずれにしても、司馬作品にある弱点を鋭く突いているのが、同増刊掲載の座談会「司馬作品の主人公の魅力を語ろう」での会田雄次の指摘である。

明治前半の「楽天的な時代」を描いた司馬に対し、会田はこう注文をつける。

「楽天性もいいけれどもうちょっと悪人を書いてもらいたかった気がする。司馬作品の中には、本質的な悪人がまったく出てこないでしょう」

「一般的に言って、女が好きな人は悪人が好きですよ。女というのは、男にとって本質的に悪ですからね（笑）。女に出会ったら、悪というものがわかる。司馬の場合、作品の中に悪がないから、わりあいサラリと読める。実は、それが司馬作品が多くの読者を獲得した秘密であると思うのですが、シナ人とかヨーロッパ人を書くのは難しいでしょうね。ことにイタリア人なんか書けないだろうな。司馬作品に出てくる人間は、私から見れば全部毒のない人間。不羈奔放《ふきほんぽう》だけど、毒がないですね」

「信長だって、毒のない人間になってしまう。斎藤道三でさえ毒がない人間になってしまったので驚いたな（笑）。面白いが、しかし痛快小説になってしまうんじゃないかな、悪く言えば」

これは司馬遼太郎についての根源的な批判だろう。人間観が深くないと会田は言っているのである。

安岡章太郎も『論争』東洋経済」の九七年三月号で、「大雑把《おおざっぱ》に言ってしまえば、大衆小説を崩して、全部エッセーにしちゃったのは司馬遼太郎ですよ。彼の司馬節、彼の講演調が大衆小説の文体を壊した。小説じゃなくて随筆の形で、歴史そのものを語ってもらったほうがおもしろいとなった」と言っている。

前記の座談会で、会田の指摘に歴史学者の奈良本辰也は、

「司馬さんが悪人を書かなかったというのは、司馬さんの限界というよりも、日本人全体の限界かもしれません」

と応じているが、浅い読者に見合う浅い作家ということだろうか。

私の比較で言えば、司馬作品は講談ではあっても小説ではない。それに対して、藤沢作品はもちろん小説である。

名もない市民を教え子に持つ誇り

ある会社の人事課長は、単行本になっている山本周五郎の作品は全部読んだと言い、「彼はいつも日の当たらないところにいる人や、まじめに暮らしている人にあたたかい声援を送ってくれる。そこがたまらないですね」と言っていた。藤沢作品にもこのような読者が多いだろう。

司馬作品も〝応援歌〟なのだが、誰を応援しているか、また、シュプレヒコールの似合う歌ではあっても小説ではないのではないか、という疑問が出てくるところが問題なのである。

司馬と同じく経営者にもサラリーマンにも読者の多い小島直記が『回り道を選んだ男たち』（新潮文庫）で、経営者の愛読書ナンバーワンの『坂の上の雲』に異論を呈している。

古島一雄《こじまかずお》と正岡子規の出会いについて、司馬は、

《（陸《くが》）羯南《かつなん》（『日本』新聞社長）がはじめて古島に子規入社のことを相談したとき、「正岡というのは学歴もちゃんとしている。文章の才もある」

といったが、古島は子規を文学青年とみていたから乗り気でなく、

「新聞人は学歴も文才も要らない。新聞というものに適格の人でなければならない」

と、その持論をのべた。しかし論説一点ばりの『日本』に短歌や俳句の入った紀行文などのやわらかい欄も必要だろうと古島はおもい、そういうところで賛成した》

と書いている。

それに対し、『斬人斬馬剣』（中公文庫）という古島一雄伝をものしている小島は、古島一雄本人の回顧談を引きながら、反論する。

《陸羯南から、「加藤拓川《かとうたくせん》（本名恒忠《つねただ》、外交官、子規の伯父）の親戚の者で、正岡という青年が入社したいというから、会ってくれ」とのことであった。〈会ってみると、紺飛白《こんがすり》の着流しで、顔面の蒼白《そうはく》な男である。目下帝大にいるが、退学して入社したいというのだ。「あと一年で卒業するなら、入社はそれからでも遅くはあるまい」というと、「実はもはや試験のための学問はイヤになった。ことに井上哲次郎の哲学の講義など、この上きかされてはたまらない。自分は、元来病身だから、一日も早く所信を実行したいのだ」という。「何をやるか」ときくと、俳句だという。僕はこの頃《ころ》俳句などというものを知らなかったから、俳句は何だというと、芭蕉以来の発句が堕落しているから、これを革新したい念願だ。「ははあの古池かい」「そうだ。高校以来それを研究して、今では発表の自信をもっているが、じつは肺患で前途を急ぐから、ぜひ入社さしてくれ」というのである。

その頃『日本』新聞は、政治方面でも文学方面でも、国粋的国民精神の発揚が主眼であったから、その所信に賛成し、ことに彼が試験のための学問がイヤになったという意気に同感して、ただちに入社を予約し、まず作品の寄稿を求めた。ちょうど『日本』新聞ではその頃、落合直文、小中村義象等の和歌入りの紀行文をのせて喝采《かっさい》を博しておった。子規はこれが対抗意識からであったか、俳句入りの紀行文をよせてきた。これが社中の認むるところとなっていよいよ入社と決した》

鷲尾義直の『古島一雄』から、この述懐を引き、小島はこう書く。

《司馬の文章と、本人の回顧談との決定的相違には一驚する。その相違を要約すれば、司馬の書き方では、二人が親友となるまでの距離は無限大であるのに反して、本人の回顧談は、友情発生の機微を語っていて遺憾がない、ということである》

そしてさらに、

《司馬の文章では、古島は冷《さ》めている。新聞の紙面のことしか考えない、真面目《まじめ》で、一刻《いっこく》な職業人としては描《か》けているかもしれないが、この初対面において親友を発見した熱い心の持主としては描けていない。いや、そもそも司馬には、二人が親友になったということ、また、古島自身にこういう回顧談があったということの認識があったのだろうか、と疑わせる》

と追撃している。

子規は古島との初対面で、自分の「決意」を述べた。それは、「学士さまなら娘をやろか」時代の帝国大学生が、そうした栄達の道を捨て、俳句にいのちを懸けるという「男子の志」を披瀝《ひれき》したのだ、と小島は指摘する。

「子規を書こうというのならば、入社のための面接時に、そういう『男子の志』を吐露せずにはいられなかった人、として描くべきであろう」という小島の痛烈な批判を司馬の読者はどう聞くか。

いずれにせよ私は、日本を支えてきたのは司馬作品の読者ではなく、藤沢作品の読者だと思う。

藤沢は「教え子たち」というエッセイを、「私の教え子たちは名もない市民である。だが堅実に生きている。私はそういう教え子を持つことを、時どき誇らしく思うのである」と結んでいる。

同郷の藤沢にひいきするわけではないが、これから、司馬ファンよりは藤沢ファンがふえることを祈りたい。

(2) 同じ人物・「清河八郎《きよかわはちろう》」をどう描いたか

司馬の清河八郎像に対する藤沢の抗議!?

司馬遼太郎と藤沢周平が共に小説の素材にしている人物がいる。幕末の志士、清河八郎である。司馬は短編で「奇妙なり八郎」(文春文庫『幕末』所収)。藤沢のほうは長編の『回天の門』(文春文庫)だが、藤沢は「あとがき」に清河を「誤解されているひと」だとし、「山師、策士あるいは出世主義者といった呼び方まであるが、この呼称には誇張と曲解があると考える」と書いている。

藤沢の郷里の新聞『荘内《しょうない》日報』(一九九七年二月十二日付)の、水戸部浩子が「ありし日の藤沢を偲んで書いた一文に、「司馬と藤沢」というテーマにちなんで貴重な問答がある。

「物知らずで若かった」水戸部が、あるとき、司馬の『街道をゆく』に触れて、

「あれは長くつづいてますすね。歯切れのよさが読まれているんでしょうか」

と尋ねたのに、藤沢は、

「そうね。あんなに断定していいのかと思いますよ。ああやってしまってね、あとで違った資料がでてくると……」

と語尾を濁し、言い過ぎたと思ったのか、

「でも性格でしょうね。あのひとはああいうことが好きなんですね」

と結んだという。

その対照は、まさに「奇妙なり八郎」と『回天の門』に鮮烈に出ている。藤沢が「奇妙なり八郎」を読んでいたという確証はないが、司馬のこの作品が発表されて十五年余り経《た》って、藤沢は『回天の門』を書いた。藤沢は、八郎を「草莽《そうもう》の志士」とし、維新期の彼らの末路を悲劇として描いている。

そして、八郎を「(山師や策士という)その呼び方の中に、昭和も半世紀をすぎた今日もなお、草莽を使い捨てにした、当時の体制側の人間の口吻が匂うかのようだといえば言い過ぎだろうか」と書く。

それは、あるいは、司馬への抗議ではないのか。

というのは、あまりにも司馬の描く八郎が「草莽を使い捨てにした、当時の体制側の人間」の立場に立って書かれているからである。

羽前国《うぜんのくに》清川村の大百姓の家に生まれた八郎は江戸に出て文武を学び、安政元年、神田三河町に私塾を開いた。

《このとき、年二十五。金は国もとに腐るほどある。それに非常な洒落者《しやれもの》だったから服装、道具に凝《こ》り、外出にはかならず中間《ちゆうげん》一人に書生数人を従え、まるで大名の御曹子《おんぞうし》のようだといわれた。たちまち人に知られ、三河町の清河といえば江戸の尊攘家のあいだでは一方の大物として立てられるようになった》

これが司馬の八郎像である。

ものかきは「無位無冠の浪人」ではないのか

「怪物的な才人」といわれた八郎は七星剣《しちせいけん》という刀をもち、これをもつ者は天下を取ることを知って、「おれが、将軍になるのか?」とまじめに思った、と司馬は書く。「そういう男であった」とし、「諸事、高飛車なのが清河のわるい癖」とも評している。

これに対して、藤沢はこう描く。

《八郎は、自分より立場の弱い人間や、慕ってあつまって来る者に対しては、とことんまで尽くすたちである。婦女子のごとく気を使って面倒をみる。しかしおのれを押しつぶしにかかって来る者に対しては、それが何者であれ、才と胆力にものを言わせて完膚なきまでやりこめてしまう性向があった》

藤沢がプラスと見るものを、司馬はマイナスと見る。

八郎が手づるを使って、天子に上書し、

「陛下よくこの機会に乗じ、赫然《かくぜん》として奮怒《ふんぬ》せば、王権復興すべき也」

と申し出たことを捉え、司馬はこう批判する。

《奮怒せよ、と無位無冠の浪人のくせに天子まで煽動した幕末の志士は、おそらく清河八郎をおいていないだろう》

言葉尻をとらえるようだが、私は「無位無冠の浪人」を賛辞としてしか使わない。私自身もその一人であることを誇りに思っている。ものかきは本来そういうものだと思うが、司馬は違うようである。

しかし、司馬も、八郎が親交を結んだ山岡鉄太郎の次の八郎評だけは書きとどめざるをえなかった。

《あれは百世に一人という英雄だ。ただ惜しいことに背景をもたぬ。われわれには大公儀という背景がある。薩長の縦横家《じゆうおうか》たちも藩の背景がある。そこへゆくとあの男はたった一人だ。一人で天下の大事をなそうとすれば、あちらをだまし、こちらをだまし、とにかく芸がこまかくなる。いますこし、あの男が英雄らしくなるまで生かしておいたらどうだろう》

藤沢は、八郎が「背景」をもたずに大事をなそうとしたところに惹かれた。「背景」のある男が好きな司馬とはそこが違っていた。

「八郎は草莽の志士だった。草莽なるがゆえに、その行跡は屈折し、多くの誤解を残しながら、維新前期を流星のように走り抜けて去ったように思われる」と藤沢は『回天の門』の「あとがき」を結んでいるが、藤沢の描く清河八郎は、斎藤家の跡取り息子として、まだ八郎と名乗っていなかったころ、迎えに来た実直な男に、

《「おれはいま、女子に惚れるように、学問サ惚れている。江戸で師と仰ぐ先生も決まっている。そののぞみをはたさないうちは、死んでも死にきれないよ」》

と胸の内を語る。

志を失うことができない苦衷《くちゅう》

その斎藤元司こと清河八郎が遺《のこ》したいくつかの詩が、まさに「草莽の志士」であったことを証《あか》すのである。こうした人たちに、「体制側の人間」たちは常に「山師」とか「策士」とかの蔑称を与えてきたのだった。

まず、八郎がついに江戸に塾を開くことになり、罪ほろぼしに母を連れて半年もの旅行をしたときにつくった長詩。

嗚虖《ああ》われいずくに適帰せんか
七年の星霜　典籍の奴
骨を割き膚を刺《さ》し　その苦を知らず
由来看他す　世俗の儒
憶《おも》う　昔関を出でしとき胆気雄なりしを
自を誓う　旧染なればまた通じ難しと
唱うるを愧ず　相如の昇仙橋
男子志を立つる　誰か同じからざらん

人事蹉跎たり　つねに相依る
一朝故有り　命を奉じて帰る
爾来三顧　空しく志を傷つけ
胸中の燈火　殆ど微かならんと欲す
余の性不羈　雲遊を好む
東方西走して　四方に周《あまね》し
郷党誇る有り　父兄戒む
曾て屑《いさぎよ》しとせず　万里悠々たるを
鬱陶乎たり　慈母の怨み
児や　何の心ありて久しく遠きに在る
問安視瞻《しせん》　人無きに非ずと
吾これを聞き　豈悶々たらざらん
慈母の児を思い　児これ慕う
相奉じて西遊し　京洛に向う
春風吹き上ぐ　三月の天
軽衣飄々　征歩を進む
人生の行楽　失うべからず

慈母の健なる　児の佚き
天の時を降す　今を然りと為す
行かんかな進まんかな　志を失うこと勿れ
嗚呼　余少小より不朽の責を懐えり
任重くして道遠し　豈易からんや
今より思う　母を奉じて後
一寸の光陰　惜しまざるべけんや

「慈母」は、今度こそ、家に帰って来てくれると思って旅をしているのである。しかし、「児」は「志を失うこと」ができない。その苦衷を歌っているこの詩を読んで、八郎を「山師」と言うことができるか。

「名もない者を描く」のか、「名のある者を描く」のか

井伊直弼《いいなおすけ》を暗殺した桜田門外の変の水戸浪人たちの中で、八郎は士分外の人間に注目する。十七名の中に部屋住みの厄介叔父や祠官《しかん》、手代など、そうした人間は少なくなかった。

《――大老井伊直弼を斃《たお》したのは、こういう連中なのだ。その感慨は、胸の奥深いところで八郎をゆさぶってやまないようだった。幕府の最高権力を握り、大獄を断行して天下をふるえ上がらせた男を、その座から引きずりおろしたのは、有力な諸侯でもなく、歴歴の士分の者ですらない、厄介叔父や鉄砲師たちだったのである》

八郎も、しょせんは、「酒屋の倅《せがれ》」だった。しかし、「名もない者が、天下を動かしつつある」と八郎は思った。

やはり、藤沢は「名もない者」を描こうとした。それに対し、司馬は「名のある者」を描いたのではないか。司馬の描いた男たちは、私が『朝日ジャーナル』の一九八四年十一月三十日号で批判した『プレジデント』に登場するような男たちだった。「メディア時評」で私はこう批判したのである。

《大判の表紙いっぱいに、おどろおどろしく経営者や戦国武将の顔、顔、顔。「ビジネス新時代の総合誌」と銘打った『プレジデント』は、こうした〝顔〟によって構成されている。いつぞやは、「随《つ》いて行きたくなる男の魅力」とかいう特集を組んでいた（一九八一年三月号）が、これではまさしく〝ホモ雑誌〟である。

私がそう言ったら、同誌にかつて勤めていたある編集者も、自嘲めかして、

「現代の〝薔薇族〟という人もいますよ」

と言っていた。

常連執筆者としては会田雄次、堺屋太一、渡部昇一などが挙げられるが、「孫子」とか「孔子」など中国古典ものの登場とともに、開高健のフンケイの友、谷沢永一センセイの登場回数も増えてきた。あまりオトコの魅力は感じられないようなこうしたセンセイたちが、懸命に〝男〟を売る姿には、いささか悲愴感さえ漂っている。

「男が売られる」傾向について、故羽仁五郎はミもフタもなく、こう斬り捨てていた。

「だいたい、『男』という言葉は、それ以外に何のとりえもない、ただ足の間に生殖器をぶらさげただけの人間が、必死に自分の体面を保とうとするときにすがりつく思いこみだ。自分の空っぽな脳みそを埋めてくれるのが、ぎらぎらと脂ぎった『男』という言葉なのだ」（『君の心が戦争を起こす』）

三年ほど前、自民党広報委員会新聞局というところが出した『いま教科書は……教育正常化への提言』というパンフレットに、

「（『小学校社会』に）幸徳秋水や堺利彦を登場させるのなら、なぜ日本海海戦を勝利に導いた東郷平八郎を取りあげないのだろうか。歴史の重み、貢献度からみても東郷の方がはるかに優れているというのが国民的常識だからである。（中略）この教科書は、東郷平八郎に限らず、その他の軍人には一言もふれていない。〝反戦平和〟の教科書には不向きというわけ

と書いてあったが、『プレジデント』はこの自民党広報委員会の意向を先取りした「理想の教科書」（それも大人向けの）なのである。

「一将功成って万骨枯る」の一将たちを、批判をまじえずに読み物ふうに書く。『プレジデント』は、サクセス・ストーリーを語る〝講談雑誌〟なのだ。

そこには、たとえば、「街道一の親分」といわれた清水の次郎長が、勝海舟に、

「お前のために命を捨てる人間は何人いるか」

ときかれて、

「一人もおりません。しかし、わっちは子分のために、いつでも命を投げ出せます」

と答えたという話や、新日本製鐵現社長の武田豊が、永野重雄の秘書になった時、

「武田クン、秘書にはヤッカミが集中するが、どんな場合でも、オレだけは君の味方だということを心に刻んでおいてくれ」

と言われて、

「兵を喜んで死地へとびこませるのは名将の一つの資格だといわれていますが、わたしは、このとき、永野の馬前で討死してもいいと思いました」

と感激する話などが次々に出てくる。

たしかに〝泣かせる〟話だが、これではまったく「赤城の山」ではないか。『プレジデン

ト』は、「いい親分」と「いい子分」、あるいは「いい殿様」と「いい家来」をつくる秩序雑誌なのか？
　同じようにオトコを売る雑誌に『WILL』や『BIG MAN』があるが、こちらはもうひとつエゲツなさが足りなくて、『プレジデント』に及ばないらしい》
『WILL』も『BIG MAN』もすでになくなったが、『プレジデント』は健在である。
　この元気というか、空元気《からげんき》を売る雑誌は司馬ファンのものであって、藤沢ファンのものではない。

「女の眼」を書かなかった司馬

　藤沢は『回天の門』で、八郎の妻、お蓮《れん》に「男たち」をこう批判させる。

《――男たちは……。

　とお蓮は思う。なぜ天下国家だの、時勢だのと言うことに、まるでのぼせ上がったように夢中になれるのだろうか。いまにも刀を抜きかねない顔色で激論したり、詩を吟じて泣いたり出来るのだろうか。

あるとき、酒を運んで行ったお蓮は奇妙な光景を見ている。

山岡（鉄太郎）を先頭に一列につながって輪を作った男たちが、奴凧《やっこだこ》のように肩をいからし、唄にあわせて、一歩踏みしめるたびに突っぱった肩を前につき出して、土蔵の中を歩きまわっていたのである。八郎もその中にいて、物に憑かれた顔で口を一杯に開き、肩をいからして床を踏みしめていた。お蓮を見ようともしなかった。

あとで八郎に聞くと、それは山岡が考え出した豪傑踊りというもので、伊牟田や樋渡らがあまりに血気にはやることを言うので、気を逸らすために踊らせたということだった》

司馬はこうした「女の眼」を書かない。藤沢のように、お蓮の口を借りて、「男というものは、なんと奇妙なことに熱中出来るものだろう」などとは言わないのである。

逃亡の日々に、遊女上がりのお蓮を憶《おも》った八郎の次の詩もいい。

我に巾櫛《きんしつ》の妾有り
毎《つね》に我が不平を慰さむ
十八　我に獲られ
七年　使令に供す
姿態　心と艶に

廉直　至誠を見る
未だ他の謗議を聞かず
只婦人の貞を期す
我が性　急かつ暴
ややもすれば奮怒の声を作《な》す
彼必ず我が意を忖《はか》り
顔を和らげて我が情を解く
我かつて酒気を使えば
彼必ず酔程を節す
施与《しよ》　吝《やぶさ》かなる所無く
賓客　日に来たり盈《み》つ
吁《ああ》　今已《すで》に坐せられ
再会　衡《はか》るべからず
必ず糟糠《そうこう》の節を記し
我が成る所有るを俟《ま》て

それからしばらくして、お蓮は獄死した。それを知って八郎が郷里の母に出した手紙を司馬も「奇妙なり八郎」で引いている。

《──さてまたおれんのこと、まことにかなしきあはれのことゝいたし、ざんねんかぎりなく候。(中略)なにとぞわたくしの本妻とおぼしめし、あさゆうのゑかう(回向)御たむけ、子供とひとしく御思召《おぼしめし》くだされたく、繰《く》り言《ごと》にもねがひあげ候》

八郎には「こういうやさしさがある」と司馬は書いているが、全体の調子は「手のこんだ男」という山師風に書かれている。

たぶん、それが藤沢には不満だった。

『回天の門』から、もう一編、八郎が先に逝《い》った友に捧げた詩を引く。

嗟乎《ああ》義友　果して瞑せるや否や
回天の好機　事すでに毀《やぶ》る
遺恨空しく感ず　人に後れて死するを
しきりに乾坤《けんこん》に泣いて　微旨を訴う
天や言わず　地や黙せり
中に雲霧ありて　彼此をさえぎる

すべからく清風を巻いて余燼を奪うべし
請う　君悶ゆることなかれ暫時の裡

「あったかそうで、冷たい人」と「とっつきにくそうで、あったかい人」

ところで、司馬も藤沢も、再婚である。藤沢は『半生の記』（文春文庫）に、二十八歳で娘をのこして亡くなった先妻、悦子（旧姓三浦）と、現在の妻、和子（旧姓高澤）のことを書いている。

しかし、司馬の前妻のことは知らなかった。マスコミ界ではタブーだったらしい。『噂の真相』が一九九八年六月号でそれを書いた。リードにはこうある。

《死後も〝国民的作家〟としてその存在感を誇示している司馬遼太郎。しかし、そんな司馬には犬のように捨てられた〝隠し子〟と理不尽で執拗な嫁いじめのあげく離婚させられた前妻の存在があった。朝日から産経までが〝高潔な人柄〟と讃えるその偽りの仮面を剝ぎ、都合の悪い過去を抹殺する冷酷な司馬の素顔をクローズアップ》

この「発掘スクープ」をそのまま信じれば、司馬は生前、全集の中の「足跡」という自伝的記録にすら、離婚や長男のことはいっさい記していない。

一見、司馬は開放的で、逆に藤沢は閉鎖的のように受け取られるが、実際は藤沢のほうがオープンで、司馬はクローズドなのである。

私もいくつかの出版社から、司馬批判の部分を削ってほしいと言われたことがある。あるいは、それは司馬や現夫人の責任ではないかもしれない。しかし、出版社の自主規制だとしても、そうさせる雰囲気があるということである。

あったかそうで冷たいのが司馬で、とっつきにくそうであったかいのが藤沢だとも言えようか。

かなり初期のころから藤沢作品を読んできたという落合恵子は、私との対談（『パンプキン』一九九八年一月号）で、藤沢について、

《激しく静かに燃える怒り、その火を終生、絶やさずにもってこられた方だと思います。そして、人間の品性の大事さとか、生きる姿勢とか、あるいはスポットのあたっているところだけが人生ではないってことを、伝えてくれる。藤沢さんは小説の中で、誠実な彼や彼女に、あきらかに味方して書いておられる。ズルくなれない人間が、最後の最後くらい「生きるって、捨てたもんじゃないよ」って思える人生でなければおかしいって気持ち。怒り、無念さと、どこかで重なるんでしょう》

と語り、「これでいいのか」と問いかける藤沢作品の魅力を、

《いわゆる下級武士と呼ばれる人たちも、彼らを愛してしまった女の人生も、読み終えた後、完結しないいんですよね。まだ、答えが出ていない。生きていくってことは闘いを内に秘めることだと伝えてくださる。それから、作品の中の人物は、いろいろな意味で、異議申し立ての気持ちを強くもっている。藤沢さんご自身、そうだったのかもしれません。そこが、私が藤沢さんにとても魅かれるところなんです》

と説いている。

落合が言うように、藤沢作品に登場する「一見、非常に古風と思われる封建時代の女たち」と「自分の足で立つ、今のラジカルな女たち」がぴったり重なる部分があるのである。

たとえば「意気地なし」という作品では、長屋に住むしゃきしゃきした娘が、妻に出て行かれて、乳飲み児を抱え、おろおろしているような隣りの男に魅かれる。世渡り上手で、それなりの生活を保証してくれそうな婚約者がいるのに、なぜか、好きになれないのである。

二人の間を揺れながら、彼女は最終的に乳飲み児を抱えた男に、

「私をおかみさんにするって言いなさい」

と言ってしまう。

そこに落合は「自分との約束を大事にしていこうとする者のりりしさ」を見て、こう語る。

《そういう一途さと、ポジティブな姿勢が素敵ですよね。〝あえて〟の男と〝あえて〟の女だと思うんです》

司馬は何を見て、何を見なかったのか

落合は孤独を「個独」と表現してもいるが、そうした厳しさや独立性がないのが、大手企業に勤める家畜ならぬ〝社畜〟である。司馬作品は、社畜のなれの果てである大手企業の社長たちやその予備軍にとくに好まれ、司馬もまた彼らを称揚している。

司馬は大前研一との対談「日本の選択」(朝日文庫『日本人への遺言』所収)で、大前が、

《松下の国際化が非常にうまくいっているのは、幸之助さんと高橋荒太郎さんのコンビがあったからですね。東南アジアに行くとよくわかります。非常に土着性が強くて、ローカルを大事にしています。インドネシアがテレビ放送で困ってると聞くと、放送局一式を寄付する。マレーシアの王様から非常に重用されて、ダトーという位をもらったりしています》

と言うのに、次のように答えている。

《松下の場合は、社内的にも一種の日本内国際主義というのか、多民族性がありそうですね。早稲田や東大、慶應ばっかりを採用していると単一化しますが、そうじゃない学校とか、学校も出てないという人がわりあい息がしやすいらしい。柔軟な原理を社風がもってる感じですね》

いくら、松下幸之助と対談したことがあるとはいえ、松下電器を「柔軟な原理を社風がもってる」と持ち上げるとは！

私はこの発言に声も出ないくらい驚いた。松下は社員の個をつぶす朝礼などを最も熱心にやっている会社であり、「日本内国際主義」とか「多民族性」といった表現が当てはまる会社ではない。いろいろな学校から採用するのがそうだとは、あまりに単純な見方だろう。司馬が何を見て、何を見ていないか。それは私の次の松下のスケッチと比べれば、はっきりするのではないか。私は『週刊金曜日』の一九九六年二月十六日号で、松下電器をこう書いた。

《漫画『課長　島耕作』の作者、弘兼憲史は三年ほど松下電器に勤めていた。だから毎朝、

「松下七精神」なるものを職場の人間と一緒に唱え、社歌を歌っていたわけである。松下では、夕方も別の歌を斉唱するのだが、いつか、同社の新入社員に違和感を感じないか、と尋ねたことがある。

彼らの答は、一週間ぐらいということだった。つまり、それ以後は何ともなくなるということで、巻物に書かれた七精神を高唱し、毎朝、社歌を歌っているうちに完全にマヒするということだろう。毎日、〝松下ＰＨＰ〟という麻薬《ヤク》をのんでいるようなものなのである。

弘兼もそれに中毒したことを、こう自白していた。三年ほどしかいなかったから、自分はとくに松下に愛着をもっているとは思わなかったが、いま、まわりを見てみたら、電気製品はみんなナショナルだ、やはり、おれはナショナリストだったんだ、と。程度の低いダジャレだが、松下にいると、ずいぶんと人間のレベルが低くなるのだろう。

大体、松下には独創性がない。「マネシタ電器」という綽名《あだな》が示すように、松下は技術力で伸びてきたのではなく、巧妙に他社の技術を盗み、それを販売店で強力に売らせることによって大きくなってきた。ビデオ戦争はその典型で、規格を統一して利用者に不便をかけないようにしようと、ソニーの盛田昭夫が松下幸之助に会い、それまでの開発結果を明かすと、松下ではそれを横からさらうようにして、ちょっと違った型を売り出した。それもグループの会社を使ってやるのだから汚い。

一時、ソニーの型と松下の型で互換性がなく、利用者は不便をかこったが、あれは明確にマツシタならぬマネシタ横取り商法のもたらした混乱だったのである。松下傘下のＰＨＰ研究所で出す出版物の害毒もあって、私は松下製品を買わない。「みそぎ研修」をやっていることでは同罪の日立や東芝の製品も買いたくないのだが、とりあえず、松下に集中して、私はボイコットをしている。

やはり、松下はまだ松下家の会社であり、トヨタと共に、その封建的体質は群を抜いている。松下電器貿易の専務をやった斎藤周行が書いた『拝啓　松下幸之助殿』（一光社）という本がある。

斎藤はこの中で、松下家へ年賀に参上した社員は、玄関で挨拶して帰る玄関先組と座敷まで上げてもらえる昇殿組とにはっきり区別されていたことなどについて述べた後、松下の「宗教的雰囲気」の不気味さを書いている。社歌斉唱は自己催眠をかけるための呪文の役割を果たしていたというのだ。

「社歌斉唱は赴任者等の駅頭見送りなどでも行われたが、こうした場合など、この自己催眠的な効果が特に強く感じられたからである。大の男が数十名、人目の多い駅頭でハタ迷惑もあらばこそ、声を合わせ、声を限りに自分の働いている会社の歌を合唱するなどということは、普通の神経ではかなりの抵抗を感じるのが当然であろう。私自身も最初のうちは恥ずかしいやら照れ臭いやら、ともすれば声が小さくなるといった抵抗を覚えずにはいられなかった。ところが、声を張りあげて唄っているうちに、いつしか照れも恥ずかしさもすっかり忘れてしまい、しごく当然のことをしているような気になったのだから不思議である」

オウムのように薬物を注射したりせずにここまで〝洗脳〟するのだから、松下ＰＨＰ教はオウム以上ということだろう。

松下政経塾はこの松下がやっているものであり、細川護熙はその評議員となっていた。日本新党に松下政経塾の卒業生が多いことと併せて、私は最初から細川（および日本新党）を信用していなかった。

松下電器は幸之助の伝記を次々と送り出す〝松下伝記産業〟ともヤユされる

働くことを喜び、労働を尊敬する

この松下を「息がしやすい」会社とする司馬に対し、藤沢は直接、松下を指してではないが、あたかも松下を指したかのように、日本の会社について、こう言っている。

《企業はもっと管理をゆるめるべきだと思う。江戸時代の領民をしぼる藩は、よくなかったですよ。ゆるめたらなかなか成績も上がらないのかもしれませんけどね。締めてなんぼのものかという気持がわたしにはあります。締めて高度成長をとげて、いい月給を出して、社員は中流になった。しかしそれでみんな幸せになったかというと、これは別問題ですね。過労

死なんてことを言う。わたしは非人間的なとも思える研修を社員に押しつけて伸びるような会社は好きじゃない》

伊勢神宮を流れる五十《い》鈴川《すずがわ》にフンドシ一つで肩まで入らせる「みそぎ研修」を松下、日立、東芝などはやっている。それはまさに藤沢の言う「非人間的な研修」だろう。

藤沢は「労働」を尊び、「労働者」を大事にした。それゆえに、「非人間的な労働」を強《し》いる者に対しては怒りを隠さなかった。

山形新聞社編『続　藤沢周平と庄内』の「作家の周辺」に、若き日の藤沢が、山形師範で一緒だった小野寺茂三に宛てた手紙が引いてある。日付は一九四九年十月十七日。

二十代前半の藤沢こと小菅留治《こすげとめじ》は肺結核が見つかって休職していた。

「サンバルの様な秋の日が丘の上に光っている。詩一篇を添えた貴兄の手紙を改めて読み返したところだ」

と始まった手紙で、藤沢は「教師は労働者である」と断じ、次のように述べている。

《その労働に正当な評価と報酬を堂々と要求してよい。もしも労働者であるという教師に倫理的な不安を感じたり、一段いやしいものと感ずる人があるとすれば、それは労働―ＬＡＢＯＵＲの何たることを解しないばかりでなく、倫理の何たるかをも理解していない人だろう。

働かないものこそ軽蔑されてよい。教師はその生徒を、働くことを喜び、労働を尊敬する人として教育すべきである》

後年の司馬はもちろん、若き日の司馬こと福田定一からも、こうした言葉は聞かれなかったに違いない。その労働観、いや、労働者観において、二人はかくも隔たっている。

第二章　両者への違和感と疑問

(1) 司馬遼太郎の避けた問題

最も厄介な問題を無視

司馬遼太郎が〝現代の坂本竜馬〟と目す小田実《おだまこと》との対談『天下大乱を生きる』(風媒社)で、小田が、

「外務省が発行している日本の宣伝パンフレットには、日本を売り出す二つのものがのっていて、一つは天皇の一家団らんの写真、もう一つは日本の企業の雄々しい姿——コンビナートですね」

と言い、

「アフリカなんかへ行って、商社員の家へ行くと、天皇の団らんの写真掲げてあってびっくりするよ」

と続けている。

それに対し、司馬は、

「ははあ、ちょっと考えられないな」

と応じ、小田が、

「パーティーになると、『天皇陛下万歳』て言うもん。だって天皇誕生日のパーティーやってますよ」

と紹介すると、また、

「ははあ」

と言っている。

「やってますよ。みな集まるじゃない。『天皇陛下万歳』するよ。石原慎太郎も『天皇陛下万歳』と言ったと言っていたよ（笑）。会うと、こんなアホなこと、て言うよ。だけど万歳て言うよ。結局同じことじゃない」

と小田が畳みかけるのにも、司馬は、

「同じことやな」

と頷《うなず》くだけである。

後で告白しているように、そうしたことを知らなくて、司馬はびっくりしたらしい。司馬は「天皇というのは尾骶骨のようなもので、おれたちには関係のないものだと思って」きた。それで、その問題を除《よ》けて歴史を見てきたのである。

《日本の歴史をみるときに、天皇の問題をはずすと、物事がよく見えるね。天皇という問題にこだわるとぜんぜん、歴史が見えなくなる。だから、天皇というものからきわめて鈍感に、それを無視して眺めると、幕末もよく見えるし、明治も見えると思っている》

正直さは買うが、こうして日本の歴史が「見えた」つもりになってもらってはたまらない。最も難しい、最も厄介な問題を無視して「見えた」歴史が歴史であるはずがないのである。

愚かなるエスタブリッシュメントを安心させる

司馬のその致命的弱点を、小田の発言に対して弱々しく疑問をはさむかたちで、自ら表白しているヤリトリを『天下大乱を生きる』から引こう。

司馬は「戦後の日本は共和国だと思っている」が、在外大使館での「天皇陛下万歳」にはちょっと混乱したととまどいを述べたのに、かぶせるように小田が言う。

小田　伊藤博文は大統領でもよかったと思っていたとしますね。大統領制と天皇制がそんなに根本的に矛盾するかというと、もちろんものすごく矛盾する面を一つ持っていますよ。つまり、われわれが天皇を変えることができない。たとえば、ニクソンを追い出すことはできるわけです。それぞれものすごく違うふんいきですよ。

もう一つは、それにもかかわらず、近代国家というものは同じ側面を持っているなと思う。明治維新前、徳川幕府というエスタブリッシュメントがある。それを打ち倒すためには別なエスタブリッシュメントを考えなきゃならない。別なエスタブリッシュメントの中心として天皇というのがあったんじゃないかと思いますね。それは一つの文化の中心で、貴族であり、田舎侍から見れば、そこへ招待されてうれしいってなこともあるんじゃないかと思う。

いま天皇にご進講するバカがいるじゃない。たとえば、ドイツ文学者・手塚富雄先生というようなのが、いつかご進講に行ったと書いてあった。手塚富雄は二十何年前はわりと進歩的学者でしょう。そこがポイントやと思うんですよ。その進歩的学者が、うれしがってご進講する。しかも、斎戒沐浴《さいかいもくよく》して――ゴシップかわからないけど――原稿用紙何枚も書き直して行くことが、ぼくはおもしろいと思う。それが近代国家なんですよ。

つまり、ニクソンに反対しているヤツでも、ニクソンに呼ばれたらうれしくなって、しっぽ振って行くということだ。ドゴールに呼ばれたら行くということですよ。そこが一つ大きなポイントだと思うんです。

たとえば、経団連の席次というのは宮中席で決まる。どこの会社が上かわからないから、勲章をいつもらったか、勲位一つで座る順番を決める。その人がエスタブリッシュメントにいかに近いか。文学者にだっていくらもそんなのがいる。

ああいう連中は、園遊会のパーティーに招待されたら行くよ。天皇がパリにあらわれたときに、みんな招待してほしいわけよ。それはもちろん、あほらしいとか何とかいうけれども、奥さん連は着物新調したりするもの。エスタブリッシュメントにつながる気持というのは、側面としてイギリス女王につながる気持、あるいはニクソン大統領につながる気持と同じことが出てくるわけでしょう。そして、その上に乗っかることができるわけ。

ことに日本の危険ってのは、国家ぐるみの企業だし、国家産業だし、国家と企業はまったく一致しているでしょう。その意味ではひじょうに近代的ですよ。日本の天皇はいま近代化されていますからね、かならず家族団らんの写真が出てくる。いかめしい写真はない。ニコニコしている写真です。私も人間ですよ、と。そうすると、大統領的側面が強調されるわけや。

その陰で、天皇は世襲であって、代えることはできないという側面も見のがせないでしょう。日本ではあれがいちばん大事だというんです。普遍的エスタブリッシュメントが中心なんです。

だけどぼくらの仲間で、たとえばいまから二十年たって勲章をもらって、拒否するヤツがいるだろうかという気がする。もらうよ。いまの文学者は、ことに保守的になっているからね。

司馬　そうかなあ。ぼくは事情にうといけれど……。

小田　ぼくはそれが保証しがたいって気がしてきた。ぼくはいまから五年ぐらい前まではぼくたちの世代――四十代ぐらいの世代は、少なくとも、たとえば娘の結納に莫大な金を渡したり、娘にボーンと金を渡してきれいにしたり、また公安の仕事をしたり、秘密を密告したり、あるいは天皇が園遊会に招けばしっぽを振って行くとか、そういうことだけはしないだろうと思った、左右を問わず。

いまみなそうじゃない。平気でやってるもん。それは会えば、いやあ何とかかんとかっていうよ。だけど仕組みの中心に天皇がすわっているわけですから、それは行きますよ。

司馬　仕組みの中心に天皇はすわっているかなあ。

小田　無形の存在としてですよ。その方向に少なくとも行きつつあるなと思う。

司馬　さっきの話でもう一ついい忘れたんだけれども、西郷隆盛を第一期大統領として、大統領制をとっていたとすると、昭和期もだれか大統領をやっていることになる。しかしそれでも統帥権はあったやろな、参謀本部の暴走はあったかもしれんな、と思ったことがある。おまけにその大統領に対しては批判を許さんぞと。

だけど、天皇がまだ仕組みの中心にすわっているかなあ。ぼくはとにかく一年に二、三回、一泊してしか東京に行かないんだけど、この間初めて右翼のデモを見たけれども、東京ではしょっちゅうやっているの。

小田　右翼のデモなんてちっぽけな問題ですよ。それはどうだっていいんだ。ぼくがいっているのは、企業ぐるみのなしくずしの中で行われている現象なんです。つまり、エスタブリッシュメントへの帰依です。それに対して日本人はひじょうに弱いでしょう。

司馬　弱い。

この問答に見られる司馬の「天皇制問題への無関心さ」あるいは「鈍感さ」が日本の愚かなるエスタブリッシュメントを安心させるのだろう。

小渕恵三は、初当選の直後に『竜馬がゆく』を読んで感銘を受けて以来、ほとんど全作品を読んでいるというし、お飾り首相だった海部俊樹も愛読書に司馬の歴史小説を挙げている。

善意の人には根本問題が見えない

邪気はないが困った存在である司馬に似た人として、ノンフィクション作家の柳田邦男がいる。私は最近、柳田の『この国の失敗の本質』（講談社）の書評を頼まれ、そこで柳田が熊本大学の原田正純を「教授」と書いていることを咎《とが》めた。名著『水俣病』（岩波新書）の著者でもある原田を誰しも教授と思うだろう。しかし、原田はさまざまな圧力に負けずに水俣病の解明に奮闘してきたがゆえに、まだ助教授なのである。そこにこそ、天皇制につながるいまの日本の根本問題がある。

善意の人の司馬や柳田にはそれが見えない。もちろん、その読者も同様である。それに歯がみする思いで、司馬が一九九六年二月に亡くなったとき、私は『噂の真相』にこう書いた（現代教養文庫『タレント文化人100人斬り』所収）。

《隆慶一郎が亡くなった時にはショックを受けた。早過ぎると思ったし、その死が惜しまれたからである。しかし、司馬遼太郎の死には何の感慨も湧《わ》かなかった。

山縣《やまがた》有朋《ありとも》が亡くなった時、石橋湛山《いしばしたんざん》が放った「死もまた社会奉仕」とまでは口走らないが、これで、日本のエスタブリッシュメントの言いわけの材料の提供者がいなくなったな、とは思った。しかし、安岡正篤や中村天風《なかむらてんぷう》などがその死後もてはやされているのだから、これからも、〝司馬大明神〟をかつぐ政治家や経営者は絶えないのだろう。

司馬は最後の対談となったらしい『週刊朝日』三月一日号の田中直毅とのそれで、

「山口敏夫さんは何が悪いんだという顔でした。経済行為をしただけという。あれが経済かしらと思ったですね」

と語っている。しかし、この発言は、たとえば山口敏夫を全国銀行協会連合会会長の橋本徹に置き換えてなされるべきだったのではないか。

富士銀行の頭取でもある橋本こそが「あれが経済かしら」と思われるような行為をし、そして、山口以上に恬《てん》として恥じない態度をとっているのである。

そんな橋本を含む日本の厚かましい限りの経営者たちに司馬ファンは多い。

「結局、日本のわずかな平場の土地を、コメもつくらず工場もおかず、投機の対象にのみとした。タヌキが木の葉を出して一万円だと言ったらそうですかというようなやり方ですね。その流れに大蔵省と銀行がのみこまれるどころか、メーンにいたというのが今度の住専問題ですね」

司馬はこうも発言しているが、「メーンにいた」大蔵省や銀行のトップは司馬の書くものを読み、それでいいとして「タヌキが木の葉を出して一万円だ」というようなことをやってきたのである。何が国民文学か。司馬の文学は、日本の馬鹿エリートたちを甘やかし、国民を欺く文学でありこそすれ、吉川英治を超える国民文学などではない。

「バブルを起こしたのはだれだというようなことよりも、バブルを起こすことについての倫理観が我々の伝統になかった」

司馬は他人事のようにこんなことも言っているが、「バブルを起こした」司馬ファンの経営者や官僚に「バブルを起こすことについての倫理観」がなかったのである。

「我々の伝統になかった」などと、一億総ザンゲのようなことを言う資格は司馬にはない。

いまごろになって、ようやく、「賞与返上」とトボケたことをほざいている前記の橋本らを司馬は批判することができない。だから、「ただ税金払うの反対と煽《あお》るマスコミも悪い」と、彼らの代弁者のようなタカビーな物言いもしてしまう。

初期の司馬作品には、それでも、歴史を「下から見る視点」があった。隆慶一郎がシナリオ作家の池田一朗として司馬の『梟の城』等の脚本を書いたのはそのためである。しかし、以後の司馬に飽き足らず、隆は自ら歴史を書き換えて命を縮めた》

英雄史観の危険な側面

そして、さらに『憲法から斬る』（岩波書店）に収めたエッセイで「司馬遼太郎史観」と題して、それをこう分析した。

《文藝春秋一九九六年五月臨時増刊号『司馬遼太郎の世界』に「司馬作品に何を学んだか」という政・財・官のリーダーアンケートが載っている。橋本龍太郎をはじめ、十五人ほどがそれを語っているのだが、中の三人が私が書いたり言ったりしたことに抗議したり反論したりしてきた人だったので苦笑いした。その三人は、鐘紡名誉会長の伊藤淳二、元首相の羽田孜、そして、ダイエー会長兼社長の中内㓛である。

私は司馬作品が好きになれないし、司馬に惹かれる人たちも好きになれない。あるいは、作家と読者は別ではないかと言う人がいるかもしれない。たしかにそうだが、言ってみれば、司馬作品は伊藤や羽田や中内に致死量の毒を盛っていないのである。それどころか、こうした凡庸なリーダーたちを、いかにも自分が、司馬の描く坂本竜馬などであるかのように錯覚させるという意味で〝罪つくりな作家〟である。

伊藤淳二は鐘紡の社長になったころに司馬の『竜馬がゆく』を読み、心をゆさぶられて、ある雑誌にそのことを書いたら、司馬から、「深読みをしていただいて感謝に堪えない」という礼状をもらったという。

「司馬遼太郎氏は戦中派にとって、誇りうる宝物のような人であった」とも伊藤は書いているが、この「宝物」は伊藤などをおだてるのも、けっこううまかったようである。

クーデターを起こした伊藤をモデルに『役員室午後三時』を書き、伊藤から恨まれている城山三郎とは対照的だと言わなければならない。

この伊藤、あるいは側近たちの圧力で、私は『週刊現代』の連載を失った。一九九二年のことになるが、当時私は同誌に「今週の異議アリ」を連載しており、鐘紡の新社長が、伊藤もそばにいる記者会見の席で、

「私は歩き方まで伊藤さんから教わった」

と言ったので、そこまでゴマをする新社長を皮肉って、

「鐘紡では忠臣ならぬ忠犬が社長になった」

と書いた。

そうしたら、鐘紡から抗議の内容証明便が来て、突然、同誌の編集長に、

「連載を降りてほしい」

と言われたのである。

いろいろ圧力はあるが、少なくとも、自分の在任中は連載を続けてほしいと編集長が明言してまもなくのことだったので、彼も具合が悪そうだった。もちろん、鐘紡の圧力ゆえとは言わない。単調になったとか何とか、担当者も知らない理由でだった。

当時、不況のために広告は減ってきており、中で化粧品だけが相変わらずなので、とくに女性誌をもつ出版社は鐘紡や資生堂に抵抗できないのだ、と解説してくれる人もいた。

羽田孜は、司馬の『菜の花の沖』を「書き込みをしながら熱心に読んだ」と語っているが、小沢一郎と共に羽田が自民党を離れて新生党をつくろうとしていた時、TBSの『ニュース23』で、

「政治家にモラルを求めるのはゴキブリにモラルを求めるようなものだ」

と発言したら、怒って局に抗議をしてきたという。しかし、あの分裂は暴力団の山口組が分裂したようなものであり、自民党も新生党も〝山口組〟であることに変わりはない。

大体、大蔵大臣になって「追加予算」を「おいかよさん」と読み、大蔵官僚に嗤《わら》われた羽田など、「いい人」かもしれないが、その上に「どうでも」がつく「いい人」だろう。

中内㓛は、最も好きな作品として『竜馬がゆく』を挙げげ、こう書いている。

「この作品の中で私が出会った竜馬は、江戸封建制から抜け出した最初の〝日本人〟であり、日本初のカンパニーの創設者であった。彼から商人として持たねばならない『合理的精神』とは何かを教えられたことが、企業を経営する上でおおいに役立った」

この中内に言われて、ダイエーの広報室長が私の事務所に「御説明」に来たのは一九九五年の春である。私が『エコノミスト』の一九九五年五月十六日号で次のように書いたからだった。

〈中内の評判が、とりわけ被災地の神戸においてすこぶる悪い。震災を利用するような形で、パートの主婦の首を切ったりしているからである。

「主婦の店ダイエーは昔

今ダイエーは主婦の敵

震災で便乗解雇

短時間パート化ねらう」

こんなビラを「被災労働者ユニオン　ダイエー分会」から、まかれてもいる。

「がんばろや　We Love KOBE『ずっとあなたと一緒です』」などと、ダイエーは調子のいいことを言っているが、その言葉とは裏腹に、正社員の強引な配転や出向（移籍）、そしてパートやアルバイトの首切りを強行してきたという。同じように苦しくとも、ここまで強引に事を進めている企業は他にないとか。

中内はかつて、『わが安売り哲学』で消費者主権を唱え、松下電器等のメーカー主権に挑戦したが、大きくなるや、その本を絶版にして、ダイエー主権におさまった。そんな体質はなかなか治らないと見える〉

私が最初に司馬を批判したのは『噂の真相』の一九九〇年九月号でだった。司馬が、日本のダメな（無能で無責任）社長たちのお気に入り作家であることを指摘した上で、戦争体験もある元世界銀行副総裁・服部正也がその著『ルワンダ中央銀行総裁日記』（中公新書）で喝破した如く、「戦に勝つのは兵の強さであり、戦に負けるのは将の弱さ」なのに、司馬の作品は「戦に勝つのは将の強さ」と錯覚させると批判した。

さらに司馬が土地問題で松下幸之助と対談したことに触れ、司馬は松下を「非常にすぐれた合理主義者」と見て、「私の方からお願いして」対談が行われた、と書いているのはおかしい。毎朝、社歌を歌わせ、伊勢神宮を流れる五十鈴川にフンドシ一つで入らせる「みそぎ研修」をいまなお社員にやらせている松下幸之助がどうして合理主義者か。それは司馬のメガネ違いを表すものでしかない。

司馬と城山はこの松下幸之助観において決定的に違う。城山は、本田宗一郎と松下を対比させながら、こう語っているからである。

「本田さんにとって生涯の悔いは会社に本田という名前をつけたことだ。あれは皆の会社なのに自分の名前をつけてしまった……と悔やむようなところがある。しかし、松下さんにはそういうところは全然なくて、政経塾にも松下の名前をつけたし、逆に松下の名前をどんどんPRしているでしょう。むしろ、松下という名前がついていることを誇りに思っている」

作家の大岡昇平は、やはり歴史小説といわれるものを書いた井上靖を厳しく断罪した。私は、井上や司馬の小説は英雄史観に立っていると思う。一人のヒーローが歴史をつくったといった類いの物語である。しかし、歴史は一人でなどつくれるものではない。時代がヒーローだけによって動かされるものでもないのである。

それ以上に、ヒーロー史観は非常に危険な側面をもっている。私がそれを痛感したのは「義民」佐倉惣五郎についての次の事実を知ってからだった。

江戸時代に百姓一揆を指導し、処刑された「義民」として惣五郎は知られるが、その惣五郎を大日本帝国は「日本に於ける忠義の典型とし又国民の大恩人として」楠木正成とともに崇め奉ったというのである。

「仁義忠孝の大義」を大いに鼓吹《こすい》するために惣五郎が顕彰される。

圧政に苦しむ農民の代表として一揆を起こした「英雄」が、このように滅私奉公の鑑にまつりあげられるのも、司馬遼太郎的英雄史観のもたらすものである》

司馬遼太郎の小説は〝弔辞小説〟

私はこれまで、折りにふれて司馬遼太郎への違和感を語ってきた。『週刊読売』の一九九六年六月三十日号のコラム「ウノ目タカの目サタカの目」では、こう書いている。

《もちろん、新聞各紙の主張には特色があっていいのだが、一九九六年の三月五日に開かれた法律扶助のシンポジウムの予告で、「フーン」と思うことがあった。

桜井よしこと私の他は主催者側の弁護士たちで、それを伝える『読売』は桜井と私の双方の名前が並べてあるのに対し、『朝日』は「佐高信ら」、逆に『産経』は「桜井よしこら」で、まことに対照的なのである。

「なかなかにおもしろかったよ」

と産経の知り合いの記者に言ったら、彼はニヤリと笑い、

「朝日も産経も、あるいは朝日の宿敵の文春も、こぞって自分のところが一番近いと強調するのが司馬遼太郎ですよね」

と、はずした答えをした。

革命を夢見て北朝鮮（朝鮮民主主義人民共和国）に渡った赤軍派も司馬に鼓舞されたとい

う証言もある。

だから、〝国民文学〟といった言い方が生まれてくるのだろう。しかし、本当にそうなのか。

ＮＨＫの大河ドラマを評して、山田太一は、なぜ、登場人物の声がいつもあんなに大きいのか、あれはエライ人はエラかったという祝辞ドラマではないか、と言った。司馬文学を直接指しての批判ではないが、これはそのまま鋭い司馬批判だろう。

あるいは、作家の夏堀正元は、司馬の小説を「黒枠つきの歴史小説」と書き、黒枠とは国家のことであり、司馬の小説は「天皇制確立に狂奔した明治国家をほとんど無批判に容認することで成立している」と断罪している。

司馬の小説は「神の視点から書かれている」と密かなる感想をもらす同時代の作家もいるが、つまりは、人間の視点からは書かれていないということだろう。語呂合わせ的に言えば、神はすなわち、お上《かみ》である。

それに、日本の無責任な政治家や経営者がその気になって興奮する。彼らに鋭く反省を迫るのではなく、いかにも、自分が坂本竜馬や秋山好古《あきやまよしふる》の如き名リーダーであるかのような錯覚を起こさせるという意味で、司馬遼太郎は「罪深い作家」である。

たとえば、経団連会長として政治献金の廃止という決断ができなかった平岩外四、リクルートコスモスの未公開株をもらって、一度は財界活動から退きながら、けじめもなく復帰して経済同友会の代表幹事となった牛尾治朗他、たくさんの財界人が『坂の上の雲』などを愛読書に挙げ自らの決断の参考になる、と語る。ヘンな決断をした人、あるいは決断をしなかった人が、決断の参考になったという司馬の小説とは、何でも包めるフロシキのようなものなのか。

夏堀の言う「黒枠つきの歴史小説」をもじれば、司馬の小説は〝弔辞小説〟なのではないだろうか。弔辞では故人の欠点が語られることはない。美点だけが最大級の讃辞で挙げられる。

しかし、日本の政財界はいま、そんな歯の浮くような弔辞にその気になっている場合なのか》

私とは違った角度から、司馬への違和感を表明しているのは文芸評論家の福田和也である。福田は『司馬遼太郎の跫音《あしおと》』（中公文庫）所収のエッセイで、自らの「歴史マニアのガキ時代」を回顧し、時代小説では柴田錬三郎《しばたれんざぶろう》、歴史小説では海音寺潮五郎《かいおんじちょうごろう》が好きだったとしつつ、こう書く。

《司馬遼太郎の作品は、『国盗り物語』や『梟の城』などを読んでいたが、余り肌が合わなかった。どうも文章が、性に合わなかったのである》

司馬が新聞記者出身であることは知らずに、なんだか新聞記者みたいな文だな、と思っていたという。

そして、江藤新平を描いた司馬の『歳月』を挙げながら、具体的に司馬への不満を述べる。

《司馬の人間観の確かさ、人の本質を摑む手腕の卓越は、今さら私如きがいうまでもないことだろう。しかし、というよりは、それゆえにこそ、読みはじめたときから今日にいたるまで、漠然とした不満を私は司馬の作品に感じてきた。その不満というのを、一言であらわせば、司馬の作品には、人間たちはたくさんいるが、「歴史」がない、ということになると思う。「歴史」がない、といってしまっては、歴史観そのもの、歴史とは何かという理解そのものが多岐にわたっているのだから、穏当ではないかもしれない。いい換えさせてもらえば、人間を超えるものの不可避な力、何物ともしれぬ不可知かつ残酷な力の祭りとしての「歴史」が、司馬の作品には欠けている、というよりも排除されている。あらゆる事件は、人の性格やその置かれた環境、努力や放埒の結果として解析されて、理解可能な事柄として読者に提示される》

あらゆる歴史を理解可能なものとして描き出す

もし、クレオパトラの鼻がもう少し低かったら、世界の歴史は変わっていただろう、と言われる。だったら、アントニーはクレオパトラに惚れ込むことはなかったというわけだが、司馬作品は、ある意味では「クレオパトラの鼻」的話の集大成である。そこに福田が「歴史」がないと批判する隙がある。「理解可能な事柄として読者に提示される」と揶揄《やゆ》する理由もあるのである。

福田はさらに、司馬が『覇王の家』で描いた穴山梅雪の死に触れて、次のようにも書く。

《武田家の滅亡に際して、旧主を裏切ることで生き延びた策士が、今一つの裏切り、というか反逆の側杖《そばづえ》を食って落命するという、皮肉とも悲惨ともつかない劇を、司馬は梅雪の性格から説き明かしてみせる。それは誠に行きとどいた説明だが、はたして人の生き死になり、歴史なりといったものは、このように隅々まで説明できるものだろうか。たしかに司馬は、「梅雪の最期はみずからの性格が招いたところともいえるが、不運でもあった」と書いているが、この「不運」という言葉づかいは、いかにも合理的というか、偶然というような表現に似ている。

その点からすれば、司馬の歴史観は、人間的な理解を基礎としていることで、実はマルクス主義的歴史観ときわめてよく似ている。世上の司馬賛美者が主張しているように、たしかに司馬がマルキスト的価値観に対立するような歴史像、特に近代像を描いて見せたことは確かだろう。だがまた、あらゆる歴史を、人間的な要件により理解可能なものとして描きだしたことにおいて、司馬の歴史小説は唯物史観と対《つい》をなしており、その点で「人間」が跳梁《ちょうりょう》跋扈《ばっこ》した戦後という時代にふさわしかった》

とりわけ経済的な構造条件によって人間の行動は規定されるという「マルクス主義的歴史観」と司馬の歴史観が似ているというのは、あまりにも牽強《けんきょう》付会《ふかい》だろう。しかし、司馬が「あらゆる歴史を、人間的な要件により理解可能なものとして描きだした」という福田の指摘は的を射ている。

司馬は歴史を、小渕恵三や羽田孜にも「理解可能なものとして描きだした」のだった。その意味では講談的歴史観と称したほうがいい。

《司馬の小説は文学的というよりも、むしろ複製技術的であり、それも映画というよりは、むしろテレビ番組に近い。一時期以降の司馬作品の書き出しは、テレビ・ドキュメンタリーの始まりを思いおこさせる》

こう喝破した福田は、「『人間』へのこだわり」と題したそのエッセイを次のように結ぶ。

《私が、司馬の「歴史」を物足りなく思うのは、歴史が鮮やかに見せる、残酷なまでの豪奢やその美を描こうとはしない、「人間」たちによって抑圧してしまうからだ。『史記』の絢爛でさえ、司馬にかかるとこのようになる。始皇帝が歴史上はじめて中国に帝国をもたらしたことを、司馬はこのようにいう。

以前は、人民はうまれながらに人民であり、さらには、うまれながらの王や貴族を氏神に似たものとして尊敬し、その天賦の地位を人民は窺おうとはしなかった。それでもって、なんとか大地は治まっていた。ただ大飢饉があると人民どもは群れをなし、食をもとめて流浪し、王や貴族をかえりみなかった。それだけのことであった。

（『項羽と劉邦』）

このような理解は、やはりマルクス主義ではなくても「唯物」的というべきではないだろうか。

あるいは司馬は、『豊臣家の人々』などで、豊臣秀次を暗愚な色情狂として示し、その古筆への常軌を逸した愛好や文学趣味、ダンディズムに一顧だにしていない。故にその最期も一重に陰惨かつ愚劣なものであって、谷崎がそれと見たような桃山時代を飾る美しくも残酷な劇として見ることができない。

それは司馬の秀次にたいする解釈の片寄りというよりも、「人間」的な規模を超えた蕩尽にたいする司馬の無理解を示している。というか、そうした豪奢を見る目をそもそも司馬は、あるいは「人間」の世界はもっていないのだ。

私が、司馬には「人間」はいるが、「歴史」はない、というのは、豪奢への無理解のためであり、何よりも美が欠けているためである》

福田の批判の中の「豪奢」とか「美」について、ここで深入りするつもりはない。そこは留保するが、ただ、司馬の歴史認識、人間認識の浅さを衝《つ》いた点には同感する。とりわけ日本の歴史についての司馬の見方が、なぜ平板になるか。それは自らが認めているように根本問題である天皇制を避けて見ているからにほかならない。

大岡昇平の司馬批判

多くの「理解可能者」たちが愛読書として挙げる『坂の上の雲』の秋山好古を例にとって、

その人間観の単調さを指摘したのは大岡昇平であった。『歴史小説論』（岩波書店）に大岡はこう書く。

《例えば『坂の上の雲』の騎兵隊長秋山好古は、敵前で決断する時、いつも酔払っている。それまで彼の蓄積した軍事知識と経験に基く情勢判断が、霊感となって閃く瞬間を待っている、と合理化されている。この心理は日常生活にはないものだが、戦場における指揮官の心理として、日本人には最も了解し易いものである。そしてし易いから、真実ではないとはいえない。そしてここには歴史の因果性と人間の意志による選択、必然と自由に関する面倒な問題が含まれている》

はたして司馬は「面倒な問題」を面倒なものとして描いたか。その点を大岡はやや遠慮がちに衝く。

《『坂の上の雲』は、正岡子規に秋山兄弟という三人の松山生れの人間の伝記に、明治史を重ね合わせたところに、構想の新しさがあった。子規は日露戦争の前に死んでしまうので、三本足の一つが欠けて、後半は軍事的な記述だけになったが、単純な騎兵隊長好古の場合は「伝」と「史」との結合はうまく行った。しかしこの上なく理性的な作戦家であった連合艦隊参謀真之が、日本海海戦の後、神がかり的人間になった変化は、歴史的事件の解きほぐし難い結果という総括的判断としてしか、了解可能の領域に入らないであろう。彼の戦後の精神主義者としての言動のすべてを解きほぐすためには、大正初年の社会的変動と勝ちにおごった海軍内部の動きと睨み合わせた、或いは海戦前に遡っての、より慎重な「伝」が必要であろう。それは司馬氏の目指した明治の「明るさ」の文脈からは結論されないだろう》

大岡は、歴史的事件の継起を描いたものを「史」、一人の人間の生涯を書いたものを「伝」と区別することによって、歴史文学の中のジャンルの混淆《こんこう》を避けることを提案して、この論を進めている。

そして、司馬の読者を、管理社会が生み出した大量の「職についた知識層」とし、その意識は保守的ながら、知的好奇心に燃え、「実話」や「真相」を好む、と特徴づける。「真実それ自身よりも、それが警句やソフィスティケイトされた手続で暴露されることに快感を覚える」人たちである。江藤淳の言う、こうした「実務者」が『坂の上の雲』の読者であるところに問題がある、と大岡は述べている。

見ようとしないがゆえに見えなくなった

この「歴史小説の問題」という評論が書かれたのは一九七四年六月だが、その二年前の一九七二年の『潮』の四月号で、大岡と司馬が「日本人と軍隊と天皇」という対談をしている。ここでも司馬は天皇に対して敬愛的であり、「天皇さんをあのように利用した軍部とか、それに連なっていた連中」は責めても、天皇自身の戦争責任は追及していない。山崎正和によれば、司馬は昭和天皇を「日本の伝統にかなう理想的な立憲君主」と書いているというから、それも当然なのだろう。

「『戦陣訓』にしても、結局は天皇制の問題に行きつくと思うんだ。最近、外遊ということがあって、天皇個人の問題がいろいろ取りざたされているけれども……」

と言う大岡に、司馬はこう答える。

「終戦のとき天皇は、人間宣言をして個人になられたごとくですけれども、象徴は象徴でしょう。ところが外遊というのは、ナマの個人が外遊するんで、象徴が外遊しているわけじゃない。第一、ヨーロッパ人には天皇という概念がよくわからない。皇帝という概念しかないわけで、しかも皇帝というのは東西とも歴史的に陰惨なイメージをもっていますから、日本からエンペラー・ヒロヒトがきたというニュースを聞いて、日本にはまだエンペラーがいるのかと、非常にぶきみな感じをいだいたと思うんですよ。そうじゃなくて日本の天皇とは歴史的にこうなんだ、明治憲法下における天皇も、じつは、天皇自身が政治的にアクションできる機能をもっていなかったという国家学的な機微が、事前によく宣伝されていればいいんですけれども、それなしに日本のマスコミを従えて、すっと出て行かれたものですから、世界に与えた印象は、マイナスとプラスと比べたら、どっちかわかりませんね」

それに対して大岡は、

「マイナスのほうが多いでしょう」

と短く応じているが、「明治憲法下における天皇も、じつは、天皇自身が政治的にアクションできる機能をもっていなかった」というのは、司馬自身の願望をこめた解釈ではあっても、一般的な真実ではない。たぶん、大岡も短くしか答えたくなかったのだろう。

天皇及び天皇制は明らかに陰惨なエンペラー的側面を持っていた。司馬に譲って「側面も」と言い換えてもいいが、それをまったく否定するのは、司馬が天皇制の問題に目をつぶっているからである。見ようとしないがゆえに見えなくなった。

「天皇についてのヨーロッパ人の印象は、天皇というのはヒトラーみたいなものじゃないか、少なくともカイゼルぐらいの力はもっているんじゃないかと思っているはずですから。この二十八年かくれていた横井（庄一）さんが天皇に小銃を返すんだというにいたっては、この記事を読んだ外国人は、やっぱり天皇はカイゼルだと思うにちがいない。旧軍隊でも小銃を一兵卒が天皇に返しに行ったわけではなく、兵器係の上等兵かなにかに返す。しかし明治憲法の天皇という摩訶不思議な機微は、それでもなお論理的には法理論的には天皇に返すことになるわけで、かといって天皇は、カイゼルのような個人としての政治的機能はもたされていない。このややこしさは、外国人どころか、そろそろ日本人にもわからなくなってきているのですから、こんご、むずかしい問題が起こりそうですね」

　司馬はこうも言っているが、「天皇というのはヒトラーみたいなもの」というヨーロッパ人の印象を「誤解」と言い切れないところに日本人における天皇制問題の根深さがあるのである。明らかにそれは「正解」部分を含んでいる。しかし、司馬は「誤解」どころか「誤答」とし、「このややこしさは、外国人どころか、そろそろ日本人にもわからなくなってきている」と逃げる。

　天皇自身の無自覚、あるいは無意識に天皇制の「無責任の体系」が原因するとするなら、それは天皇に親近感を抱く司馬自身にも感染している。司馬に最も明瞭に無自覚の無責任が表われているとも言えるのである。

「アカルサハ、ホロビノ姿デアラウカ」

　太宰治は源実朝《みなもとのさねとも》にこう呟かせた。それを引いて言えば、暗を見ようとしない司馬の「明るさ」は亡《ほろ》びを招くと私は思うのである。

(2) 藤沢周平への唯一の疑問

故郷の名誉市民を拒否

「冬は低く垂れこめて晴れる間もない雪空と、日本海の鉛色の海、白い波がしら、桃も李も桜も、一時に目の覚めたように咲きだす春、夏の紺碧の空にくっきりと残雪が光る鳥海山、この北方的な自然に抱かれて、ぼくは成長した」

これは酒田出身の写真家、土門拳《どもんけん》の故郷描写である。隣りの鶴岡出身の藤沢周平が胸中に狼を飼っていたのに対し、土門はその身中に虎を棲《す》まわせていた。あるいは、土門自身が虎だった。

中島敦《なかじまあつし》の名作『山月記』を読むと、私はいつも同郷の先輩の土門と藤沢を連想する。これは人間が虎になってしまう話だが、虎を狼に替えれば、そのまま藤沢にも当てはまるだろう。

「おくびょうな自尊心と尊大な羞恥心」をもつ、かつて郷党《きょうとう》の鬼才といわれた男が、その自尊心と羞恥心のゆえに、俗物の間に伍することを潔しとせず、しだいに世を離れ、人と遠ざかって、ただ、「おくびょうな自尊心」だけを飼いふとらせ、ついには虎になる。

内心にふさわしい形になってしまったわけだが、しかし、完全に虎になりきってしまったわけではなくて、一日のうちに数時間だけ、人間の心が還《かえ》ってくる。そのときは、人語も操れるし、複雑な思考にも耐えられる。

しかし、だんだんこの人間に還る時間も少なくなっていき、最後には虎になりきってしまうことを当人は知っている。

もちろん、この話がそっくり土門と重なるわけではないし、虎を狼と替えて藤沢と重なるわけでもない。

ただ、土門も藤沢も、何がなし、この話に惹かれる部分はあっただろう。

ともに、自分でももてあますほどの「おくびょうな自尊心と尊大な羞恥心」を持っていた。

それが、土門の言う「北方的な自然」が育んだものかどうかはわからない。

藤沢は郷里の『荘内日報』のインタビューに答えて、

「どんなに永く東京に住んでいても、私なんか絶対に都会人になれないというか、やっぱり東北人ですよ」

と言っている。

しかし、「わが血は東北人」と自認しても、故郷への傾倒は盲目的なものではなかった。

ここに、藤沢が鶴岡の「名誉市民」を固辞して、市長の富塚陽一に送った手紙がある。日付は平成六年十月二十八日。

《啓復
主義主張でせっかくの栄誉をおことわりするほどえらくありませんが、私はつねづね作家にとって一番大事なものは自由だと思っており、世間にそういう生き方を許してもらっていることを有難く思っておりました。

市長さんのおっしゃる名誉市民ということは、この上ない名誉なことですが、これをいただいてしまうと気持だけのことにしろ無位無官ということでは済まなくなり、その分だけ申し上げたような自由が幾分か制限され（る）気がしてなりませんので、せっかくの打診でございますが辞退させていただきたいと思います。

しかし、作家としての考えもあろうからとおっしゃる市長さんの打診のお言葉は、ご自身市の広報にコラムなどを書かれる方ならではの理解あるおっしゃりようで、よくあるお役所的な、一方的なおっしゃり方ではないことに感銘し、深く感謝している次第です。

有難うございました。

啓白》

この手紙は、次の但し書を添えて、鶴岡市立図書館に展示されている。

《藤沢周平氏の「作家として自由を制約されずにいたい」というお考えから名誉市民の推戴を控えてきましたが、氏が日本文学界に残された偉大な功績をたたえ、末永く後世に伝えるため、市では平成九年三月市議会の議決を経て名誉市民と同様に顕彰していくこととしたものです》

ちなみに、同じく鶴岡出身の作家、丸谷才一は名誉市民である。

「胸像なんて晒者《さらしもの》」

この「市議会の議決を経て名誉市民と同様に顕彰」という動きに影響を与えたと思われるものに、山形県の県民栄誉賞授与が挙げられる。同年三月九日付の『山形新聞』によれば、藤沢が一月二十六日に亡くなったあと、元横綱柏戸《かしわど》に次いでの贈呈を、和子夫人はこう語って受けた。

「本人は晴れがましいことは好きでなかったので辞退しようかとも思いましたが、県民の皆さまの気持ちと思ってちょうだいすることにしました」

名誉市民は断わって県民栄誉賞は受けることになったのを、泉下《せんか》の藤沢はどう考えているだろうか。名誉市民を断わったと聞いて粛然とさせられた私としては、かなり割り切れないものが残る。

生前、一叙勲を断わった元日銀総裁の前川春雄に、その死後、勲一等の打診があったとき、夫人は故人の遺志を通させてほしい、と辞退した。私はそれについての取材も断わられた経験を持っているが、断わられて、かえって清々《すがすが》しい気持ちになったのを覚えている。

藤沢は前記の「わが血は東北人」シリーズで、インタビュアーの水戸部浩子が、

「あのう、お弟子にしてもらえませんでしょうか」

と申し出たのを、

「弟子はとらない主義です」

と言下に断わり、

「鶴岡の内川に立っている田沢稲舟《たざわいなぶね》の胸像ね、あんなのわたしは厭《いや》ですね。晒者になっているようでね」

と眉間に皺を寄せたという。水戸部によれば、これほどの拒否反応は珍しかった。

「わたしはどうもね。なんでも像をつくればいいというものじゃないと思うんですがね」

と言う藤沢の語調は強かった。

「氏の感覚からすれば、故人稲舟の知らないところで本人の意思を無視されている像に、べつな思いが走るらしい」と水戸部は書いている。「作家稲舟の心をおもんぱかって」の藤沢の反発だった。

そんな藤沢についてのおもしろい逸話がある。藤沢の隣家が民謡歌手の原田直之の家で、原田の娘は藤沢が何をしている人か知らなかった。

それで、あるとき、テレビの歴史番組で話している藤沢を見て、

「あれっ、お隣りのおじさんじゃないの」

と驚く。そして彼女は母親に、

「えっ、お隣りのおじさん、テレビに出るぐらい有名な人なの、ホントに」

と尋ねたという。

「市井の住人として決して高所から物を見ず、街ゆくひとの目の高さに合わせ、いつも筆を運んでいく」（水戸部）藤沢らしいエピソードだろう。

同郷の歌人・斎藤茂吉の戦争責任を厳しく追及

そんな藤沢が、郷里山形の生んだ歌人、斎藤茂吉に対しては、厳しくその戦争責任を追及している。

一九八九年十月十四日、鶴岡北高の如松同窓会東京支部のセミナーで「高村光太郎と斎藤茂吉」と題して講演し、「二人の作品と戦争との関係」を語っているのである。

藤沢は、その二年前、つまり、一九八七年に岩手に旅行に行った。そして、啄木、原敬《はらたかし》、宮沢賢治、高村光太郎などの記念館を見てまわったが、光太郎の記念館の前にあった粗末な小屋にショックを受ける。そこは、光太郎が東京から疎開して住んだ小屋だった。

藤沢の生まれた村には知的障害があって生活能力がない「作右衛門」という人のために村はずれに親戚が建てた小屋があったが、光太郎の小屋はそれを思い出させるほど粗末なものだった。

そして、藤沢はこう語る。

「おそらく冬になったら吹雪の晩なんか中に雪が入ったんじゃないかと思います。そこに光太郎という人は七年間も住んだわけです。七年というのは疎開としてはあまりにも長いのですが、これはこの生活を光太郎が自己流謫《じこるたく》ととらえたからなのです。原因は戦争協力でした。戦争中に軍に協力したことを非常に後悔しまして、反省の生活に入った、その場所がこの小屋だったのです」

光太郎は美術界を代表して大政翼賛会の中央協力会議の議員になり、文学報国会の詩部会会長をつとめた。そして、戦争を賛歌し、国民をそれに駆りたてる詩を書いたのだが、その過去を清算するために、この小屋にこもって、自分がいかに無知で愚かだったかを告白する

『暗愚小伝』という詩をまとめた。

一九四七（昭和二十二）年に光太郎は芸術院会員に推されたが、自分にその資格はないと断わっている。

しかし、それから四年後、『典型』が読売文学賞に推されたときは受け取った。

その事蹟を振り返りつつ、藤沢は光太郎の胸中をこう推測する。

「結局、『暗愚小伝』のように自分を全部さらけ出した作品が賞を受けたことによって、世の中から許されたという感じを持ったのではないかと思います。それで翌（昭和）二十七年にようやく東京に帰ったのです」

そんな光太郎が七年住んだ「非常に粗末な小屋」を見ているうちに、藤沢は斎藤茂吉のことを思い出す。

光太郎より一つ年上だった茂吉は、一九四五（昭和二十）年の四月に故郷に疎開し、大石《おおいし》田《だ》の名家の離れに住む。そのとき、茂吉六十三歳。妻子と離れての独居で病気をしたりもしているが、上下二部屋ずつある家で、光太郎の小屋とは比べものにならなかった。また、結《ゆう》城《き》哀草果《あいそうか》とか、板垣家子夫《いたがきかねお》とか、地元の歌の弟子が献身的に世話をしている。そこで茂吉は『白き山』という歌集をまとめた。

「こういう経歴や状況が二人は大変似ているのですが、光太郎と茂吉の決定的な違いは、茂吉も戦争協力をしているのに、茂吉には光太郎のような自責の念がまったくなかったということです。

茂吉の戦争協力というのは、実にたくさんの戦争賛美、戦意昂揚の歌、いわゆる戦争協力の歌を詠んだことで、その中には東条首相賛歌などというくだらない歌もありました。これらの戦争協力の歌を抜粋しまして『萬軍』という歌集にまとめましたが、こういう歌は観念的でスローガンみたいなことを述べているだけで、茂吉のものとしてはできがよくありません。戦争に関しては、いい歌も詠んでいるのですが、一方でつまらない歌を平気で詠んで、しかもそのことを全然恥じていないのです」

藤沢は厳しく、こう指弾して、「それというのも、茂吉という人は自分でも戦争に夢中になった人」だと語る。

日中戦争が始まるまでは、まだ世の中を鋭く考察していて、五・一五事件のころには、

おほつぴらに軍服を著《き》て侵入し来《きた》るものを
何《なに》とおもはねばならぬか

という歌をつくっているし、二・二六事件についても、日記に、「荒木、まさ木（真崎）等の国賊がからくりして遊んでいる」ためだと書いているが、日中戦争が始まると、たちまち、心情的に戦争に巻き込まれ、バンザイとなる。

その例に、藤沢は昭和十八年のある日の日記を挙げる。

「敵ガニューブリテン島ニ上陸シタ。敵！　クタバレ、コレヲ打殺サズバ止マズ」

茂吉の元気は戦争が終わっても衰えなかった。

「今日ノ新聞ニ天皇陛下ガマッカァーサーヲ訪ウタ御写真ガノッテイタ。ウヌ！　マッカァーサーノ野郎」

これが敗戦一カ月余の昭和二十年九月三十日の日記である。

「こういうふうに熱狂的な戦争賛美者といいますか、協力者だった」茂吉の夢は、戦争が終わっても、まったく覚めることがなかった、と藤沢は指摘する。

小説家、歌人の戦争責任

一方、光太郎は『暗愚小伝』で、次のように言っている。

その時天皇はみづから進んで、
われ現人神《あらひとがみ》にあらずと説かれた。
日を重ねるに従つて、
私の眼からは梁《うつばり》が取れ、

いつのまにか六十年の重荷は消えた。

これが戦後の普通の日本人の心境だったが、茂吉にはこういう自省がなかった。それで、あまりにもケロッとしているとして、戦争犯罪人に指定されるのではないかという話が出てくる。

軍閥といふことさへも知らざりし
われをおもへば涙しながる

『白き山』に入っているこの歌は戦犯指定を逃れるために詠んだとも言われる。

藤沢によれば「茂吉には自分一人がやったわけではないという言いわけの気持ち」が強くあったのである。

それには、茂吉の戦争中の歌をかばいにかばって伝記を書いた柴生田《しぼうた》稔《みのる》でさえ、「軍閥といふことさへも知らざりし」とは何事か、非常に情けない、と嘆いているという。

光太郎に「わが詩をよみて人死に就けり」という詩がある。

その詩を戦地の同胞がよんだ。

人はそれをよんで死に立ち向かつた。

その詩を毎日読みかへすと家郷へ書き送つた。

潜航艇の艇長はやがて艇と共に死んだ。


これは未完の詩らしく、『暗愚小伝』にも入っていない。

この詩片を引いて、藤沢は語る。

「戦争協力の詩とか歌とかは、それを読んで未練を断ち切って戦争に行った人があるかもしれない、それを気持ちの支えにして死地におもむいた人がいるかもしれないということを考えるべきものなので、文人とか小説家、歌人といった人に戦争責任があるとすれば、まさにこの一点にあるわけですが、茂吉の頭にそれがなかったのはいささかさびしい気持ちがします」

その理由の一つに、茂吉が職業的な歌人だったということが挙げられるかもしれない。茂吉にすれば、自分は頼まれて戦争協力の歌を詠んだのだということである。そのために自責感が少なかった。

そして藤沢はもう一つ、「田舎者」を原因にする。

「これは私の独断と偏見みたいなものですが、茂吉という人には田舎生まれの一種の鈍感さみたいなものがあったのではないかという気がします」

「茂吉はどちらかといいますと、歌と精神科の医師という職業に関しては非常に熱心であるけれども、他のことには本質的にあまり関心がなかったのではないかという気がいたします」

藤沢ももちろん、茂吉が「短歌界にそびえ立つ大きな山」であることを否定しているわけではない。茂吉のいない近代短歌界など想像するだに淋しい。

「芸術家は結局残されたもので評価が決まります。茂吉は偉大な歌人だったし、いまなお偉大です。

ただ、いくら偉大な歌人であるからといって神様扱いするのは私は嫌いで、茂吉もやはり欠点の多い一人の人間とみたいわけです。戦争協力の一点をみても、人間的な欠点の多い人だということがわかります。これもまた、隠すことなく茂吉の全体像の中に含め、その上で茂吉の業績をたたえるべきものだろうと思います」

この茂吉観に私もまったく異論はない。藤沢が茂吉の歌の中では、

あまつ日は松の木原《きはら》のひまもりて
つひに寂しき蘚苔《こけ》を照せり

といった「地味な叙景歌」が好きだというのも同感である。

ただ、こうした茂吉観に比して、石原莞爾《いしはらかんじ》に対しては甘すぎるのではないかという疑問を禁じえない。

同郷ということで石原莞爾に甘くなった

藤沢は『周平独言』（中公文庫）所収の「三人の予見者」というエッセイで、同郷の清河八郎、石原莞爾、大川周明《おおかわしゅうめい》の類似性を語っている。

この三人の出生地は山形県の庄内平野と呼ばれる西部海岸地方にあり、やはりそこに生まれ育った藤沢は『回天の門』（文春文庫）という小説で清河のことを書きながら、それを考えていたというのである。

一九二七（昭和二）年十二月二十六日生まれの藤沢は、敗戦のとき、十七歳だった。石原は五十六歳。二人の間には四十歳近い差がある。

藤沢は、

《私の記憶に残っている石原莞爾は、予備役陸軍中将でも、満州建国の事実上の主役でもなく、東亜聯盟《とうあれんめい》の指導者である》

と書く。

一九四一（昭和十六）年の秋、京都師団長を最後に予備役に編入された石原は郷里の鶴岡市に帰る。それを機に聯盟の鶴岡分会は盛況となり、庄内支部の結成から、山形県、東北地方と各地に組織を急拡大していく。

藤沢周平こと当時の小菅留治少年は、自分の生まれた村にいたトラじいさんを手がかりに、東亜聯盟を考える。

気が強く、高調子にものをしゃべるこのじいさんが聯盟に入っていた。そして、村びとをつかまえて、痩せた喉ぼとけを動かしながら、声高に議論をぶつ。

トラじいさんの家は、学校に行く途中の、道から一段高い場所にあって、そこからじいさんの大きな声が聞こえてくると、留治少年は、

「ああ東亜聯盟だな」

と思った。

彼によれば「それは村ではかなりめずらしい光景だった」という。

雄弁は村でも尊敬されるが、弁が立つだけで肝心の百姓仕事がしっかりしていなければ、侮られる。トラじいさんは篤農のひととは言えず、そのぶんだけ熱弁は割り引きされて、「村の中では少々異端視され、はばかられていた」のである。

石原を天敵視する東条内閣はすでに「皇国の主権を晦冥《かいめい》ならしめるおそれある東亜聯盟の

運動は、これを許さず」と発表していたから、アカのように見られていたということもあったろう。

ただ、聯盟に入ったのはトラじいさんだけではなかった。ほかにも数人の村びとが加盟しており、なかには中堅どころのしっかりした百姓もいて、そういう人たちはあまり議論せず、聯盟方式の農法を取り入れるのに一生懸命だった。

少年・小菅留治はそのころ、道ばたで、

「東亜聯盟もだいぶはびごって来たもんだのう」

と村びとが話しているのを聞く。

はびごるは言うまでもなく蔓延《はびこ》るで、ひろがり茂ることであり、幅を利かす、増長することをも意味する。そこには当然、はびこるものに対する村びとの揶揄《やゆ》と軽い反感、そして軽侮がこめられていたのである。

《東亜聯盟に対するそのころの私の印象は、突然はびこって来た、従来の村の生活とは異質のものであり、トラじいさんであり、そして石原莞爾だった。しかしそのひとの姿を見たこともなく、講演を聞いたこともなかった》

こう回想する藤沢は、大川周明についての伝記なども読んで、清河八郎も含めた三人に共通するのは一種のカリスマ性ではないか、と指摘する。「三人ともに、少数のあるいはかなり多数の、熱烈な支持者、信奉者にかこまれていた」からである。

とくに石原は「満州事変を演出し、東洋の一角に満州国という新国家をつくり出して以後」は「一大佐参謀本部作戦課長の身でいながら、支持と信頼をとりつけているという意味では、全陸軍中最大の実力者だった」とし、杉森久英の『夕陽将軍』（河出文庫）の次の一節を引く。

《昭和十一年ころの石原は……全陸軍を代表するほどの実力者になっており、日本の世界政策をリードする存在であったといってよかった》

石原に対する信仰は軍内部だけでなく、民間にもひろがり、杉森によれば「おそらく民衆の間でこれほど人気を集めた軍人は乃木大将以来」だった。藤沢は、「そのころの石原は、生きながらにして神話的な存在」であり、「晩年も聖者のごとくあがめられて生を終った」と書いている。

そしてカリスマ性を支える条件の一つに、「卓抜した予見能力」を挙げ、石原の場合は、その伝記から、いくつかの例を引く。

たとえば、陸大の入学試験で機関銃の使用法を問われ、機関銃を飛行機に装備して、敵の行軍大縦隊にタタタと銃射を浴びせると答えた。のちにこの飛行機による機関銃掃射は常識となったが、石原がそう答えたころは、日本では飛行機はようやく偵察用に使われているだけで、機関銃掃射など思いもよらなかった。

また、満洲事変から満洲国建国に際して、関東軍が最も心配したのはソ連の介入だった。しかし石原はそれはないと読み、そのとおりとなった。

それについて杉森は「こういうときの石原の情況判断は、ほとんど神智といっていいほど鋭く、かつ正確なものであった」と書き、藤沢も「時には明察神のごとき」石原の予見能力と形容している。

はたして、そうなのだろうか。藤沢までがそう称《たた》えていいのか。

《石原は参謀本部作戦部長として、日中戦争には不拡大の方針でのぞんだ。拡大全面戦争となれば長期戦となる。短期間に蔣政権が崩壊するなどという判断は誤りで、中国とは即時和平し、来るべき欧米との戦争にそなえるべきだというのが石原の考えだった。軍をあげて拡大に動いている中で、石原のこの見通しも正しかったのである》

藤沢はこう断定する。ただ、その後にやはり、次のように続けざるをえなかった。

《しかし日中戦争拡大は、満州事変、満州建国の悪しきイミテーションだった。拡大の気運に火をつけたのは、ほかならぬ満州事変における石原だったことになるのだが、石原は満州事変当時そこまでは読み切れなかったのである。これを石原の予見能力の最悪のミスと言えば酷になるかも知れない。日中戦争拡大はすでに時の勢いだった。一石原の手でとどめ得るものではなかった》

私は藤沢文学を愛する。また、「信長ぎらい」というエッセイで、叡山の焼き討ちをはじめとする信長の行なった殺戮を指弾した藤沢に大きな拍手を送る。

それゆえに、同郷ということで石原に甘くなった藤沢に疑問を感じざるをえないのである。

石原に予見能力はあったのか

日本語には「半信半疑」という言葉があり、私たちもたまに使う。しかし、これを聞いたスペイン人が首をかしげ、

「半分疑っているということは信じていないということじゃないか」

と指摘したと言われるように、石原が満洲事変当時、その後の拡大を読み切れなかったというのは、石原の基本的な予見能力のなさであり、それを「最悪のミス」と言うのは、何ら

酷ではない。

「一石原の手でとどめ得るものではなかった」となる日中戦争の火をつけたのは、まぎれもなく「一石原」だったからである。

ドイツがソ連に侵攻したとき、石原はすでに現役を退いて京都に隠棲《いんせい》していた。そこへ京大の学生が数人訪ねて来る。

彼らに石原は、ヨーロッパの地図を示しながら、

「ドイツ軍はいまここにいるが、一週間後にはここにいるだろう。その先にはこの道を通ってここまで行くだろう。それから先はこちらにむかうだろう。この町からこの町までは、幾日かかるだろう」

と予想してみせたという。

そして、独ソ戦の展開はほとんど石原の予想したとおりになった。

たしかに、石原は軍人としての予見能力は高かったのだろう。だが、それはあくまでも、軍事面での見通しに限られていた。満洲事変から日中戦争の拡大へという推移を見れば、その面での予見能力も、言われるほどに高かったとは私には思えない。

たとえば、当時の奉天図書館長、衛藤利夫は、その著『韃靼《だったん》』（地久館出版）の「奉天今昔」にこう書く。

奉天会戦の前は、東三省の民衆は「暴虐なる露西亜《ロシア》軍」を嫌い、ロシアに使われているス

パイですら、日本軍が露軍を追い払ってくれるよう、情報を流したりしていた。だから、会戦の当日、すさまじい砂嵐が起こり、露軍にそれがまともに吹きつけたために、民衆たちは「天が日本軍に味方した」と喜んだのである。

もちろん、彼らが心から拍手していたわけではない。日本軍といえども兵隊であるかぎり、奉天に入城したら、相当ヤルだろうとは思っていた。中国軍なら戦争に勝って入城して必ずヤルことを日本軍がヤラないわけがない。兵隊なのだから一時のことだし、それこそ没法子《メーファーズ》だと観念していた。ところが、彼らの意表に出たことは、日本軍が隊伍粛々として入城し、一物をも犯さないことだった。

《相当ヤルであろうと思ってゐた兵隊さんはヤラずに、その軍隊のあとから、潮のやうに殺到して来た、軍隊でない、日本の民衆が、相当ヤッたらしい。民衆思へらく、戦勝者である軍人が傲るのは、これは仕方がない。しかしその戦勝の余威を藉る日本人の民衆は、こいつはカナはん。而已《のみ》ならず彼等が勝ったのは、露軍に勝ったのであって、吾等は戦敗者ではない。戦敗者でない吾等の上に、戦勝の余威に便乗して来て、労せず、功なき人々が、お門違に、勝者の、敗者に対するやうな態度で臨まれるのはカナはんと》

衛藤は「現下の日本が陥って居る矛盾」を「大陸建設の前奏曲たるべき戦争に対しては、恐ろしく真剣であるが、大切な建設工作それ自体に対しては、概して、個人の射利射倖の場所として見てをることだ」とする。そして、こんなたとえ話を書く。

貧しい夫婦がいて、妻が産褥《さんじょく》に苦しんでいる。夫は神に安産を祈り、この願いが叶えられたら、金の鳥居をつくって奉納するという。妻はそれを聞き、そんなことを約束してできなかったらどうするの、と尋ねる。それに対し、夫は、

「神さまにそう思わせておいて生んでしまえ。生んでさえしまえば、あとはどうにかなる」

と答えるのである。

産みの悩みにある日本には、この貧しい夫のような考え方がないとは言えないと衛藤は指摘しているが、満洲を「荒稼ぎの場所」としたのは、けっして日本の民衆だけではなかった。石原のリードする軍隊そのものも「貧しい夫」だったのである。たぶん、衛藤は一九三九（昭和十四）年五月にこれを書く時点では、あからさまな軍部批判はできなかったのだろう。

権威はすべて張り子の虎

藤沢周平は前記「三人の予見者」で、「ちょす」という方言を挙げ、おちょくるとか、侮蔑するとかいった意味のこの言葉が当てはまる性向が清河八郎や石原莞爾にはあった、と書

く。

「ただし本来は優越者から劣った者に対してむけられる現象であるこの精神作用が、この二人の場合、つねに逆方向に働いたことが注目される」と言うのである。

自分より下にいる者、または慕って集まって来る者には言葉も態度もていねいなのに、自分より上の者にはこの「ちょす」性質が出る。

《ことに石原に顕著にみられる傾向は、虚飾にかざられた権威や、内容空虚なくせに形だけはものものしい儀式などに対する、徹底した侮蔑、愚弄である。石原には、物事の本質がすっかり見えているので、大概のことはばからしくて仕方なかったのかも知れない。そこで建前でかざられたひとも儀式もことごとく愚弄し、アクの強いやり方でそれらを一場の笑いものにしてしまうのである》

たしかに、石原のこうした面は喝采を浴びる。現在、田中眞紀子がズバズバ言って庶民の溜飲を下げているのと似ているだろう。しかし、田中眞紀子が田中角栄の娘であるということを棚に上げてそう言っているように、石原も「虚飾にかざられた権威」かもしれない軍人であることを放擲《ほうてき》して行動したようにも思われる。また、「空虚」の判定も、著しく主観的だった。たとえば、石原が断罪する張学良が、東三省の民衆から見れば、関東軍よりマシではないかといった視点の入り込む余地はなかったのである。

《その愚弄が、権威に対するときもっともいきいきと生彩を帯び、石原自身も楽しげなのは、石原がやはり抑圧の多い東北の人間だからだろう。また石原は士族の出だから、戊辰の敗北も頭にあったかも知れない。つまり、心のこういう動きの根底にあるのは、本人が気づいていようと気づくまいと、ひっくるめてひと口に言えば東北のコンプレックスだろうと思う》

と藤沢の石原評は続く。

「石原の愚弄も嘲りも、決して陽性なものではなく、ひとひねりひねった微毒を帯びる」が、その底には、つねに「なぜか知らぬ憤懣」があり、こういうひとにとっては権威などまったく恐《こわ》い存在ではなく、すべて張り子の虎だと言う藤沢の断定には私も異論がない。

ただ、全体としての石原評価の甘さには大いなる疑問を感じざるをえないのである。

第三章　藤沢周平の心性《しんせい》

(1) 農民の血と詩人の血

長塚《ながつか》 節《たかし》 を書くことで自分を書いた

藤沢の郷里、鶴岡の産で、漬け物にするとうまい小粒の丸いナスがある。地名をとって民《みん》田《でん》ナスという。

藤沢はあるとき、「わが血は東北人」の取材に訪れた水戸部浩子に、

「このごろの民田ナスの皮はかたいでしょ」

と尋ね、さらに、

「あれはなぜかたくなったかわかりますか」

と問うた。

返事に困ってもじもじしている水戸部に藤沢は、

「こまめに水をやらないからですよ」

と種明かしをした。

朝な夕な水桶をかついで丹念に水をやっていたころの民田ナスはもっとうまかった。

「土がよくこなれて、まるで絹の手ざわりのようになるんですよ。土は手を加えないとだめなのです」

こうした話をするときには、藤沢は「熟知している者の特権」を示すかのように「強引な表現」をした。

水戸部は「東北への彼のこだわりは、ごまかしのない土へのこだわりと見ることもできる」と結んでいるが、まさにその『土』と題した小説を著わした長塚節をテーマに藤沢は『白き瓶《かめ》』を書いた。

吉川英治文学賞を受けたこの労作には、節が伊藤左千夫を訪ねて、

「よう、めずらしいじゃないか」

と言われる場面がある。

牛飼《うしかひ》が歌よむ時に世のなかの
新《あらた》しき歌大いにおこる

と詠んだ左千夫は「汚れたズボンの上に短か着を着て」まさに牛の世話をしていた。その後の藤沢の描写を引く。

《左千夫は腰に下げていた手拭いをとると、眼鏡をはずして顔を拭いた。ついでにひろがった襟からのぞいているシャツのボタンをはずし、首筋から胸もとまでごしごしと手拭いを使った。

空からは薄ら日が洩れて来るが、庭のあちこちに二、三日前に降った雪が残っていて、空気はつめたく乾いている。だが、左千夫は汗を搔いていた。牛の世話に精一杯の力を出していたからだろう。節は仕事をしている左千夫の姿を見るのが好きだった》

茨城の大きな農家の長男に生まれて「小旦那」と呼ばれる節は身体が弱く、本格的に農業をやることはできなかったが、働くこと、それも土にまみれて働くことに、終生、畏敬の念を失わなかった。だから、自らを『朝日新聞』に紹介した夏目漱石が『土』の序文に次のように書いているのには釈然としなかったのである。

《『土』の中に出て来る人物は、最も貧しい百姓である。教育もなければ品格もなければ、たゞ土の上に生み付けられて、土と共に成長した蛆《うじ》同様に憐れな百姓の生活である。（中

略）長塚君は、彼等の獣類に近き、恐るべき困憊《こんぱい》を極めた生活状態を、一から十迄誠実に此『土』の中に収め尽したのである》

無名の自分を登場させてくれ、『土』を絶対に後世の人間が読むべき本と強力推薦した漱石に感謝はするが、「蛆同様」とか「獣類に近き」といった表現には割り切れないものが残った。

藤沢は『小説の周辺』（文春文庫）所収のエッセイ「『海坂《うなさか》』、節のことなど」に節を「ただ懐手して村を歩く豪農の若旦那ではなかった」と書き、『土』の主人公の勘次が雑木林を開墾する場面を引く。

《唐鍬《とうぐわ》の広い刃先が木の根に切り込む時には、彼の身体も一つにぐさりと其の根を切つて透るかと思ふやうである。土を切り起すことの上手なのは彼の天性である》

そして藤沢は、

《自身鍬を握ったことがない人間に、この賛辞が書けるわけはないので、節もまたまごうことなき農民歌人、農民作家だと言わねばならない》

と断言する。

もちろん、そう言い切る藤沢にも色濃く農民の血が流れている。「帰郷」というエッセイで藤沢はこう告白する。

《農家は朝が早い。農作業がすっかり機械化されたいまも、やはり五時には起きて、七時の朝食までにはひと仕事終えている》

それで、帰郷の際に、本家に泊まるときも、藤沢はできるだけ、それに合わせるようにしていた。

《私はこれまで、五時起きはとうてい無理としても、七時の朝食には間に合うようにしていた。前夜に飲む会合があって、帰りが十二時になってもそうしていた。それは説明すれば、米をつくる農家に生まれながら、小説書きなどというさほど役にもたたない仕事をしている者の、故郷に対するエチケットということになるのだろうが、事実はもっと根が深い。

ひと口に言えば、農家に生まれ育った私の血が、朝寝を許さないのである。土を相手に物をつくる仕事が、いかに多くの規律から成り立っているかを、半ば本能的に、あるいは身体

で理解しているということでもある》

その意味で、長塚節を書くことは、藤沢にとって、まごうかたなく自分を書くことであった。

教師時代に行なった生徒と二人だけの〝授業〟

『白き瓶』の第二章は「初秋の歌」である。

小夜深にさきて散るとふ稗《ひえ》草の
ひそやかにして秋去りぬらむ
馬追虫《うまおひ》の髭のそよろに来る秋は
まなこを閉ぢて想ひ見るべし
芋の葉にこぼるゝ玉のこぼれ〳〵
子芋は白く凝りつつあらむ

これらの節の歌に「フルイ付きたいほど小生は感服いたし候」と感激の手紙を書いたのは、若き日の斎藤茂吉だった。茂吉にもまた「農民の血と詩人の血」が流れている。藤沢のそれと茂吉のそれが共鳴して、藤沢は『白き瓶』に次のように書く。

《しかし（三井《みつい》）甲之《こうし》も（伊藤）左千夫も、山形県南村山郡金瓶《かなかめ》村の農民の子である自我を強烈に保ちつづける茂吉ほどに、この歌に興奮したかどうかは疑問である。そこには、初秋の相をうたって、農村、山村に育った人間ならば容易に気づく把握の凄みとでもいうべきものが現われていたのだが、その凄みというものは、都会育ちの人間、あるいは甲之や左千夫のように、農村の出ではあっても生地の風土に茂吉ほどの執着を持たない人間は、あるいは見過しかねないものでもあったからだ》

垂乳根《たらちね》の母が釣りたる青蚊帳《あをがや》を
すがしといねつたるみたれども

白埴《しらはに》の瓶《かめ》こそよけれ霧ながら
朝はつめたき水くみにけり

こうした絶唱を遺《のこ》して、節は夭折《ようせつ》した。歌人の島木赤彦は「アララギ」の後記に、「長塚さんは逝かれました。三十七歳の短生涯に妻子も無くして逝かれました。人間の世の中に清痩鶴の如く住んで孤り長く逝かれました」と書いた。

その力と注目度に比して、節はやはり、「地味な歌人」だった。けっして派手な歌人ではなかった。そこに藤沢は強く惹かれたのである。

それは農民特有の口の重さからくるものかもしれない。派手さと流暢さは比例する。華やかなひとで口数の少ない人はあまりいない。

「含羞《がんしゆう》の作家が初めて書いた自伝」と銘打たれた藤沢の『半生の記』（文春文庫）に藤沢がひそかに東京吃音《きつおん》矯正学院のパンフレットを取り寄せる場面がある。どもりゆえに、藤沢は小学校の卒業生総代の答辞を級友に代読してもらった。

そして後年、教師となった藤沢は、やはり吃音に悩む生徒と二人だけの授業をすることになる。一九九八年一月十二日から始まった『読売新聞』の「小菅先生と教え子たち」で、その生徒、上野久一郎が、藤沢周平こと小菅留治のそのときの特訓を語っている。

小菅先生は、まず、上野に五十音を発音させて、どの字が発音しにくいかを確かめた。名字の一字目の「う」や、「け」「せ」などが出難い。とくに「う」は、授業で名前を言おうとして、つまずいた経験を繰り返してきたからだった。

「自分の気持ちに合わせて、そっと発音しなさい」

「人前だと意識しないように」

自らもその経験をもつ青年教師は、

「あせるなよ」「ゆっくりな」

と上野を励ました。

この二人だけの授業は、放課後、週二回ほど、かなりの期間、続けられたという。

「先生は、わたしの吃音が少しずつ直っていくのを本当に喜んでくれていました」

いま、上野はこう語っている。

有名作家になっても変わらぬ師弟関係

藤沢周平が教師をしたのは湯田川中学でのわずか二年間である。それなのに、いや、それだけに、いまなお消えない濃密な師弟関係を築いている。

「小菅先生と教え子たち」の第五回から引こう。

一九七三年七月のある夜、結核で鶴岡の病院に入院中だった長浜和子は、ラジオに耳を傾けていて、藤沢周平の直木賞受賞を知った。「地元鶴岡の出身で、本名は小菅留治」と紹介する。

「あれ、小菅先生のことではないか。先生は小説を書いていたんだ」

そう思った長浜は、翌日の新聞に載った住所を頼りに藤沢に手紙を書いた。

「おめでとうございます。私は旧姓尾形ですが、分かりますか」

そんな書き出しで、入院していることなどを添えた。

するとまもなく、封書が届く。

もっと早く返事を出したかったが、忙しくてできなかったことを詫びたあと、

「一番めに立原正秋という先生に、二番めに和子に返事を書きはじめたところです」

とあった。

その二年前に、藤沢は『溟《くら》い海』で『オール讀物』新人賞を受賞したが、この作品を強く推したのが選考委員の立原正秋だった。

「小さく、卵形の顔でほっぺたが赤く、なにか私に言われても、下を向いてしまってなかなか答えてくれない。その子が尾形和子だと思いますが、違いますか」

「先生をしたのはたった二年間。それも湯田川の二年間だけですから、あのころのことは大体おぼえています。あのころのあなたの顔とか声とかは、あなた方よりよく覚えているつもりです」

二十二年ぶりの便りは「元気を出して療養して下さい」と結ばれていた。

それからしばらくして、秋に入っていたある日、突然、和子は藤沢の見舞いを受ける。別

の用事で帰郷したついでに立ち寄ったのだが、何の前触れもなかった。

「小菅さんという方が面会です」

と言われて、まさかと思う長浜の前に、

「和子だか？」

という声とともに藤沢が現われた。

「大事にせえよ」

藤沢自身が結核で長く入院した経験があるだけに他人事ではなかったのだろう。それにしても、あったかな藤沢の面目躍如というエピソードである。

有名な作家になっても、まったく変わらなかった藤沢について、教え子たちの語る言葉は一つ一つ、さもありなんと、深く頷かせられる。

「人を批判したり指図するということは、まったくない先生だった。天性のやさしさというんでしょうなあ」（萬年慶一）

「受験のためでなく、純粋に物を知りたくて勉強した。学校は新鮮な知識を得る場所だった。私たちのクラスは特に偉くなった人もいないが、格別に不平不満を抱いているという人もいない。地道にやる、我慢する時は我慢するという先生の姿に自然と教わった」（高橋愛、五十嵐兼子）

「先生のやさしさを見習いたいと思う。年齢を加えるに従って先生から教わったことを周囲

の人に返してあげられるようになったと思う」（武田彦恵）
「包容力があって何でも聞いてくれる先生でした。荒れている今の教育現場と比べると、なんてあのころは素晴らしかったことか。成績や点数の善しあしだけで子供を評価していたら、私たちのように大人になっても仲の良いクラスにはならないでしょう」（大滝澄子）
クラスの半数が中学を卒業してすぐ社会に出る。そんな教え子たちに藤沢は忘れがたい印象を残している。
「詩でも音楽でも、飯の糧にはならないが心の糧になる」とか、「つらいことがあっても心まで貧しくならないように」と教えた藤沢の影響か、生徒たちは、卒業後しばらくして文集をつくり始めた。
『岩清水』と題したその文集を、結核で入院中だった藤沢に送ると、次のような手紙が届いたという。
「看護婦さんが『山形からお手紙です』と言って持って来てくれた細長い包みを見て、『岩清水』かな、と思ったら、果してそうでした」
「こうして文集に参加し、そこから慰めと希望を見出してゆこうとする態度を素晴らしいと思います。東京に来ている連中も高等学校時代のことはあまり言わないのに、中学校の時は良かった、あの頃が懐かしいとはよく言うようです。多分精神も身体も、みずみずしい感受性がゆきわたっていた時期だったからでしょうか」

「そんな大切な時期の君達をゆだねられながら、何も出来なかった自分に烈しい後悔を覚えることもあります。あれもしてやればよかった、これもしてやればよかったとね。ふり返ってみて、物足りないことだらけで驚きます」

「それでも君達が横にそれたりしないで、こうして文集に結束するような真直な成長を示してくれたことを、しあわせに思います。考えてみると、君達は素直なよくまとまった生徒達でした」

「考えたことの半分もしてやれなかったことの代わりに、いつまでも君達のよい友人であり、相談相手でありたいといつも願っています」

「そろそろ稲刈が始まりますね。では元気で」

まさに「こまめに水をやる」農民の心そのままの教育だった。

山形の農民詩人・真壁仁《まかべじん》

『半生の記』には、学生時代に藤沢を一撃した詩人として真壁仁が出てくる。『街の百姓』という詩集をもつ山形の農民詩人である。

おれたちが庭の隅っこに堆肥の山

　築きあげると
それは悪意ある隣人の抗議にふれる
おれたちギシギシ天秤きしませ
　ダラ桶かついで行くとき
さかしげに鼻をつまむ女がいる
街の百姓
けれどもおれたちはやめない
一塊の土があればたがやし
成長する種を播くことを
おれたちはやめない
豚を飼い　堆肥を積み　人間の糞尿を汲むのを
高い金肥が買へないからだ
土のふところに播いて育てる天の理法しか知らないからだ

　真壁の『野の自叙伝』（民衆社）に、真壁が岩手に高村光太郎を訪ねるところが出てくる。

「とにかく高村光太郎は、生活者としてじつにきちんとしていた」と真壁は書く。ねぎとか大根をぶらさげて帰ってくる。人を使うのがいやだと、お手伝いさんをおかない。洗濯でも食事の支度でも自分でやる。それで彫刻ができなくなる。それでも日常のことをやめないのは「生活が好きだったからだ」と光太郎は言ったという。

そして真壁仁は結論づける。

《高村光太郎は、徹底したニヒリストではなかったか、といましみじみ思う。本心は誰をも認めていなかった。人間なんて蟬や鯰より煩わしかったのではないのか。私はお会いして以来、ずっと亡くなるまでお世話になったけれども、よくぞまあ行ったものだと思う。光太郎が亡くなってから、ちょっとおっかなくなったりした。光太郎は絶対孤独の世界にいたのではないか。私たちは、それぞれ光太郎に愛されていると思っている人が何十人かいるけれども、そんなことはみんなお見通しで、あまり信用していなかったのかもしれない。『智恵子抄』は愛の詩集としてもてはやされたけれども、智恵子への愛のために払った光太郎の対価はかなり大きなものだった。その対価の重みにじっと耐えている孤独な光太郎の姿が、いま私には見えてきた》

光太郎に比して茂吉は戦争責任の感じ方が軽い、と藤沢周平は批判した。そこには、真壁のような光太郎観が存在していたのだろう。

真壁は社会党公認・共産党推薦の統一候補として、一九五九年に参議院山形地方区の補欠選挙にかつぎ出されたことがある。

　詩人の血は、真壁に同じことを何度もしゃべることを許さなかった。しかし、それでは選挙演説にならない。

「演説になっておらん。まるで講演じゃないか」

　と社会党の代議士に叱られ、

「だからいやだといったじゃないか。ハッタリはいやだ。今からでもやめる」

　と真壁は選挙カーの上でもケンカをするような毎日だった。

　まともに食事をする時間もない。弱っていたら、ある日、一人の労働者が焼いたマムシを一匹投げこんでくれた。とぐろを巻いたままコチコチになっているそれを、頭の方から毎晩三センチくらいずつかじった。「疲れをしらない妙薬」というので、少し生臭いのはガマンして、二週間ほどで平らげたとか。

　こちらはまさに、農民の血だろう。

　藤沢周平も真壁と同じく、この「農民の血と詩人の血」をもっていた。おそらく固辞したと思うが、固辞しきれずに選挙にかつぎ出されることがあったとしたら、真壁と同じように「ハッタリはいやだ」と毎日ケンカをし、そして一方で、焼いたマムシを少しずつかじっていたに違いない。

教師になれなかった同級生への〝うしろめたい〟気持ち

山形師範学校（現在の山形大学）の藤沢の同級生に共産党の元山形県議会議員、小竹輝弥がいる。同じ鶴岡出身ということもあって二人はすぐに仲よくなった。しかし、一九四九年に卒業して就職ということになったときに、小竹は就職停止処分を受ける。レッドパージの影響である。教師になれなくなった小竹は鶴岡で文房具販売を始め、藤沢の勤めていた湯田川中学にも来た。

一九八七年、県会議員として永年勤続の表彰を受けた小竹に、すでに人気作家となっていた藤沢は、往時を振り返りながら、こんな祝辞を寄せている。

《小竹輝弥さん。あなたのことを考える時いつも思い出すのは、あなたが政治的信条のために、山形師範を卒業したものの教職に就けなかったときのことです。あなたは鶴岡で文房具の販売をはじめ、私が勤める湯田川中学校にも回ってきました。

私はそのころ、職員室であなたと二人きりで向かい合って話したことを覚えていますが、そのとき少しはあなたから文房具を買ったでしょうか。その記憶はなくて、いまも私の心に残るのは、そのときに感じたうしろめたい気持ちです。私はあなたと向かい合いながら、政治的な信念のために逆境にいる友人を見て見ぬふりをし、自分だけはぬくぬくと教師生活に安住していることを、みずから恥じないわけにはいきませんでした。記憶がいまもはっきりしているのは、その自責のためだろうと思います》

山形新聞社の『続　藤沢周平と庄内』で、小竹は藤沢の「弱者の味方であろうとする姿勢」に共感しながら、いま、こう語る。

「藤沢さんはやはり、教師を続けたかったのだと思う。作家になってからも、その気持ちに変わりはなかったのではないか。二年で教職を失い、私と同じ境遇になったわけで、その意味では、なりたくてもなれなかった、という悔しさの共有みたいなものが二人にはあった」

教師ということで言うなら、藤沢は教師をやめて、より多くの人の教師になったということだろう。自らのさまざまな挫折を経て、藤沢は深みのある教師になった。そして、最後まで、農民の血と詩人の血を失わなかった。

友もわれも五十路に出羽の稲みのる

色紙などによく書いた藤沢の自作の句である。

(2) 心に「狼」を棲《す》まわせていた男――『市塵《しじん》』・新井白石論

動物園でパンダを見てもしようがない

敬称は略させてもらいたいが、藤沢周平に私は一方的に親近感を抱いている。藤沢が鶴岡、私が酒田と生まれ在所も近ければ、田舎教師から一転して経済紙誌の記者と、その後にたどった道もほぼ同じだからである。物語作者と物語れぬ評論家の違いはあれ、現在、ものを書いて食べているところまで似ている。

会ったのはただ一度、たしか、あるパーティの席上である。藤沢は私が『小説の周辺』というエッセイ集を紹介したのを読んでくれていて、お礼を言われた。『周平独言』というエッセイ集で藤沢は、同じ庄内地方出身の「三人の予見者」、清河八郎、石原莞爾、大川周明の相似性について書いているが、私の好きな三人の作家、城山三郎、吉村昭、そして藤沢は、いずれも昭和二年生まれである。

彼らには共通して透き通った死生観がある。

敗戦の年に一途《いちず》になりやすい十八歳だったということも影響しているのだろうが、さらに吉村と藤沢には短からぬ闘病体験が重なっている。

また、城山と藤沢は動物園が好きという共通点があるが、あるいは、藤沢がとりわけ狼が好きだということに意外感をもつ人もいるかもしれない。

「胸の中に狼を一匹隠して生きている男たち」の一人である藤沢は、「私の足が動物園から遠のいたのは、狼がいなくなってからのように思う。パンダを見てもしようがない」とズバリと書いている。

藤沢は、かつて、郷里で中学の教師をしていた。ところが肺結核になり、東京郊外の療養所に入る。

「同じ病気を抱えているという点で、みな平等」で、「社会的な肩書はほとんど無意味な場所」である療養所は、藤沢にとって「一種の大学」のようなもので、そこで、世間知らずの堅物だった藤沢は、さまざまに悪いこともおぼえた。それまでは下品きわまりないものだと思っていた落語も好きになったし、花札のコイコイを連日するようにもなったのである。

そして退院した藤沢は、業界紙の記者となり、「小説を書くしかないような根深い鬱屈《うっくつ》」を抱えながら、「日々風に背中を押されるようなあわただしい暮らし」を続けていた。

鬱屈を解消する方法としては酒を飲んで親しい人間にそれをぶちまけるといったことも考

えられるが、藤沢はそういうやり方は男らしくないと思った。
『オール讀物』の新人賞を受けた『溟い海』は、そんななかで書かれた作品で、主人公の北《ほく》斎《さい》は藤沢自身の自画像になっているという。

黙々と生きる

藤沢の描く人間はけっして軽くはない。かといって重すぎる人間でもない。一茶にしても長塚節にしても、あるいは『市塵』の主人公、新井《あらい》白石《はくせき》にしても、「重厚」というイメージが当てはまる人間ではない。

では、共通する点は何かと言えば、やはり「胸の中に狼を一匹隠して生きている男」ということになるのだろう。

藤沢「白石」を論ずる前に、『周平独言』から、「えらい人」についてのつぶやきを引いてみたい。

《私は性格に片ムチョ（意固地）なところがあり、また作家という商売柄、人間の美しさを追いもとめる半面、汚なさも見落とすまいとするので、世間でえらいという人をも簡単には信用しない。それでも時どきえらいな、と思う人に出合うことがある。その人は、冷害の田んぼに立ちつくす老いた農民だったり、子供のときから桶つくりひと筋に生きて来た老職人だったりする。出合う場所は、テレビの場合もあり、新聞の記事の場合もある。

彼らは、格別自分や自分の仕事を誇ることもなく、えらんだ仕事を大事にして、黙々と生きてきただけである。だが、それだからといって、そういう生き方が決して容易であったわけでなく、六十年、七十年と生きる間には、山もあり、谷もあったはずである。しかし彼らはその生き方を貫き、貫いたことで何かを得たのだ、と私は皺深い農民の顔を写した写真を、つくづくと眺めるのである》

彼らはありのままの顔をさらしているのだが、それが「じつにいい顔」だと藤沢は言う。

《人生を肯定的に受け入れ、それと向き合って時に妥協し、時に真向から対決しながら、その厳しさをしのいで来たから、こういういい顔が出来上ったのである。えらいということはこういうことで、そういう人間こそ、人に尊敬される立場にあるのではないかと、私は思ったりする。実際人が生きる上で肝要なのは、そういうことなのである。

こういう質朴で力強い生き方にくらべると、世にえらいと言われる人のえらさには、夾雑物が多すぎるように見える》

藤沢がこのエッセイを書いてから、ずいぶん経っている。藤沢の見方も、幾分かは変わっているかもしれないが、ただ、ここで言う「えらい人」はなかなか小説の主人公にはなりにくいのである。逆に、ある種の「夾雑物」がなければ、ドラマには造型しにくい。

政治家たる者、まず畏《おそ》れを知れ

藤沢が描いた白石の場合、それは「どす黒いほどの政治に対する好奇心」であり、「暗い情熱」だろう。

藤沢は、白石の自伝『折《おり》たく柴《しば》の記《き》』から、次の父親の回想部分を引いている。

《頭に黒い毛は少なかった。顔は四角く額《ひたい》が出張り、目が大きくひげが多く、背は低かった。全体に骨太くたくましく見えた。天性喜びや怒りのいろを外にあらわすことがなく、笑うときにも大声で笑ったのをおぼえていない……》

やはり白石も「いろを外にあらわす」ことを嫌った、と藤沢は見る。

弟子の二十歳の青年に対して、白石が「学問をやるには少し性格が明かるすぎないか」と懸念しているのにも、藤沢の心情が反映されている。

もちろん、「明かるい」狼などいまい。明るかったら、それは狼ではないのだ。

ただ、「暗い情熱」や「どす黒いほどの政治に対する好奇心」の独走に歯止めをかけるものが、いわば「畏《おそ》れ」なのである。

『市塵』の冒頭近く、甲府藩主・綱豊の寵臣で「能役者から成り上がった」間部詮房《まなべあきふさ》に、綱豊が将軍になれば、「そこもととそれがし」で「天下の経営」を考えなければならぬと言われた白石は、「突然に眼がくらむようなものを見てしまった」と思う。

いつもいつも、政治家は声高に「抱負」を述べる。選挙では、それは「改革」という抱負だった。

それを聞くたびに私は、私が学生時代に入っていた寮（山形県の酒田市と鶴岡市を中心とする庄内地方出身者が入る東京の学生寮）の寮監である佐藤正能先生が詠んだ次の歌を、大きな声で言い返したい衝動に駆られた。

　聞きたきは抱負にあらず国政の
　　重きを畏《おそ》る一言なるを

「畏れ」や、ある種の「暗さ」は政治の担当者に欠かせぬものである。ネアカはしばしばネバカとなる。

俗にまみれて俗に染まらず

「切れ者」の間部は、自らを冷静に判断していて、白石にこう言う。

《それがしには学問がない。学問はないが、ひとを周旋する才と殿のご信用ということでは、ひとにひけを取らぬ自信はある。それがしと勘解由《かげゆ》どのが組む。そこで勘解由どのの学識に裏打ちされた政策を、それがしが殿に持ちこんでご政道の筋道にのせる。そこからご当代とは異なる新しい政治の形をつくって行きたい。殿が将軍職をつがれたとき、改めねばならぬことが多々あることは、先刻ご承知のはずだ。力を貸してもらえぬか》

殿とは、つまり、綱豊であり、のちの六代将軍・徳川家宣《いえのぶ》である。

間部がいたから、白石はその才を発揮し得た。もちろん、間部も白石の「力」を信じて改革の道を突き進んだのである。

その前に立ちはだかった最初の壁は「ご当代」綱吉だった。

稀代《きだい》の悪法「生類憐《しょうるいあわ》れみの令《れい》」を支えた監視密告制度は「市中から乞食を一掃した」綱吉の偏執的な性格に発していた。

そしてそれに迎合して理屈づけをする林大学頭《はやしだいがくのかみ》という存在がある。「先例、古格」にこだわるこの儒者は、白石の大きな敵となる。

家宣治世下になってすぐにぶつかったとき、白石は心中にこう思う。

《――あのひとは……。

あの悪政の綱吉の世に、どっぷりと首まで浸っていたひとではないかと、吐き捨てるように思うことがある。加えてもはや老齢の大学頭に、どのような政治的な展望があるとも思えなかった。

大学頭や土屋政直の不快感は心にとめておくべきものだったが、しかし譲る理由は何ひとつないことも白石にはわかっていた》

私は、大学及び大学教授ヒモノ説を唱えている。企業を含む社会は、よかれ悪《あ》しかれナマモノなのに、大学教授は、そうした現実の風とは無縁のヒモノであり、ビビッドな俗事を知らない。

「妻子を抱えて貧困の暮らしを嘗《な》めた」白石は「聖賢の道で腹はふくれぬ」と思っていた。そこが、同門の雨森芳洲《あめのもりほうしゅう》との対立点となったのである。

《白石は俗にまじわることを恐れず、むしろ俗に興味を持ち過ぎるようなところがある。聖よりは俗に、観念よりは事実に、理屈よりは実証に惹かれるのは白石の性格だが、白石のそういう性分が納得出来ないのか、同じく木下順庵門の俊才でありながら、芳洲は白石を嫌った。心術はかるべからずと言っていた。おそらく芳洲は芳洲なりに、白石の性向の中に儒におさまり切れず、儒の分際を逸脱する傾向があるのを見て、それを嫌うのだと思われた》

俗にまみれず孤高を保つのがリーダーの条件と説く向きもある。しかし、俗にまみれても俗に染まらないのが、むしろ、リーダーだろう。俗に通ぜずして、政治などやれるものではない。ヒモノにナマモノはわからぬのである。

俗にまみれた業界紙の記者時代

おそらく、藤沢周平は業界紙の記者時代に俗にまみれた。私自身も体験したからよくわかるのだが、「聖職者」などというイメージを押しつけられる教師から転じて、経済誌の編集者となって、私はほとんど仰天した。それまで自分がいかにヒモノだったかを痛感したのである。まさにカルチャー・ショックだったが、こういう世界があることを知って、私は俗のダイナミズムということを思った。

藤沢周平は業界紙時代のことを「一杯のコーヒー」というエッセイに書いている。

《病気がなおると、私は小さな業界新聞に勤めた。社長以下七人ぐらいで、広告が多いときは週二回、少ないときは月三回、四頁建ての新聞を発行している会社だった。私の姉は、業界紙といえばすべて赤新聞と思うらしく、私がそこに勤めたのを心配して手紙をよこしたが、私は仕事が面白くて仕方なかった。せっせと取材して回り、十五字詰の原稿用紙に記事を書いた》

私が入ったのも、ほぼ同じ規模の経済誌で、私の場合は、父が心配して手紙をよこした。ほとんどが広告で成り立っている雑誌で、広告取り専門の営業部員がいた。

《営業部員、ひらたく言えば広告取りは、Aを含めて三人いた。いずれも年輩の男たちだったが、むかしはいい目をみたが、戦争でそれを失ったことで共通していた。私は少し薄暗い喫茶店のボックスで、コーヒーを啜りながら彼らのそういう話を聞くのが好きだった》

藤沢とはひとまわり以上違うから、私がいた雑誌の場合は、広告取りは「戦争でそれを失ったことで共通」はしていなかったが、どこか生臭い精気があり、藤沢の言うように「モダンな雰囲気」を身につけている者もいた。

生臭い精気というものが、現実から発する臭いなのだろう。

そうしたバブル中のバブルの只中にいて、私はバブルの空虚さを知った。ある意味で、ほとんど存在価値のないそうした雑誌の中にいたからこそ、私は現在の現実批判の視点を獲得したとも言える。

おそらく、藤沢もそこで現実の放つ精気に触れ、虚と実を峻《しゅん》別《べつ》する姿勢を獲得したのではないかと思われる。

私がそう思うのは、白石が展開する勘定奉行・荻原重秀批判の激しさゆえである。藤沢は意識したかどうかはわからないが、私はこの荻原に、バブルを煽った現代の経済評論家たちの江戸時代版を見た。現実を知っているように見えて、彼らは現実を知らないのである。

『市塵』に示された「バブル経済」批判

岩波文庫版『折たく柴の記』の校訂者、羽仁五郎が喝破しているごとく、白石は「人間としてまた学者として原則をもっていた」し、「あらゆる虚偽を批判し、自尊排外や尚《しよう》古《こ》賤近や形式外面の幻想を脱し、現実を直視し、真理を求め、人生及び思想また学問の自覚に到達しようとする、不屈の希望」をもっていた。

現実を知るとは、現実に埋没することではない。それを改革しようとする「原則」や「希望」をもっていなければ、現実は見えないのである。

「日本はこう変わる」とか「世界はこう変わる」とか言う人間に現実が把握できるはずがない。そんな〝男の星占い〟ははずれるばかりである。「日本をこう変える」「世界をこう変える」という理想をもつ人間にのみ、日本や世界は見える。

白石はまちがいなくそれをもっていたし、荻原はそれをもっていなかった。荻原に、厚かましくもいまもブラウン管などに登場しているバブル評論家の長谷川慶太郎の姿をダブらせながら、このドラマでの荻原批判を追っていこう。

荻原がやった貨幣の改鋳《かいちゅう》は、一方で庶民の強い政治不信を招いた。それでも荻原は、財政を知っているのは俺一人ではないかと居直る。反対したのは「お上」ただ一人だった。

老中たちも、荻原の言うとおりにするよりほかないかとあきらめきっているときに、家宣が疑義を出す。改鋳によって荻原が私腹を肥やしたという噂も立っていた。

会議の後で、間部に白石が尋ねる。

「それで荻原さまは承服されましたか」

間部が答えた。

「なんの。ひと筋縄で行く男ではない。金銀改鋳については、陰で悪声を放つ者がいることも承知している。しかしこれに拠《よ》らなければ今日まで何によって国の費用を賄い得たであろうか。ことに去《い》ぬる元禄十六年の災害のごときは、改鋳のことがなければ乗り切り不可能であったと、聞きようによっては恫喝とも受けとれる言辞を弄《ろう》したそうだ」

白石が黙って聞いていると、間部は続けた。

「荻原は、まず改鋳によってさし当ての金の必要を充たし、のちに豊作で財政にゆとりが出来たときに金銀の質をもどせばよろしい、ごくやさしいことではありませんかと、愚弄するようなことまで言ったらしいが、何と老中がたはそういう荻原の意見を支持し、お上にむかっていまは近江守の意見に従うほかはありませんと言う始末だった」

それに対して家宣はこう返したのである。

「荻原が言うことは道理のようにみえるが、しかし金銀貨を改鋳するというようなことがなければ、あの相つぐ災害も起きなかったかも知れないという考え方も必要だ」

リーダーにとって真の「覚悟」とは何か

荻原の言葉の「改鋳」を「バブル」に置き換えれば、いま、長谷川慶太郎が唱えている「バブル有用論」とピタリと重なる。

「経済にバブルはつきものなんです」

したり顔でこう語る御仁《ごじん》は、あるいは、深く荻原に学んでいるのかもしれない。

結局、簡単に日本が滅ぶなどという脅しに惑わされるなということである。

次の家宣の言は、そのまま痛烈なバブル煽動者批判となる。

「もし改鋳を行なわないために、今後起きる異変に対処出来なかったということであれば、わが代において徳川家の血統が絶えるときが来たと観念するまで。いずれにしろこれ以上人民を苦しめることは出来ぬから、財政の工面《くめん》は改鋳によらずほかの方法でやってもらいたい」

この覚悟のないリーダー、つまり政治家や経営者が多すぎるのである。家宣のように「観念」しないから、バブル評論家に煽られると、すぐに動揺する。

アメリカのプロテスタント神学者、ラインホルト・ニーバーは、こう祈った。

「神よ、われらに与えたまえ、変えることのできないものを受け入れる冷静さと、変えるべきものについてそれを変える勇気と、この両者を識別することのできる知恵とを」

白石は荻原を「幕府を喰い物にして肥え太っている鼠賊」として糾弾する。二度、三度と「才徳二つともに欠ける」荻原を弾劾《だんがい》する書状を白石は出した。

そして、ついに家宣も決断し、荻原を罷免《ひめん》する。これでようやく改革できるかと思ったが、次に間部と白石は家宣の死に直面する。さらに、その後、小型荻原のような小鼠が出てきた。

老中たちはそれを、もっともだとして取り上げる。腹に据えかねた白石は、老中の御用部屋に乗り込んで、激しく批判した。

「野島新左衛門なるものが、金銀吹き替えについて具申した意見を、御年寄衆の中にも支持される方があるやに洩れ聞きましたが、野島の説は妄説です。取るに足らぬいかさまの意見でござります」

表面穏やかに見える藤沢の中に生きている「狼」が言わせているのだろう。

白石は意見書を出して、批判を続ける。

「ここには、野島の言うところが妄説である所以と天下のまつりごとにかかわる方々が、かかる妄説に惑わされることの弊害を申しのべてあります」

白石は、「新説が出るとたちまちそちらの肩を持つ」定見のない老中たちを鋭く論難する。

「通貨は生きものです。御年寄衆の何気ないお言葉ひとつにも、庶民は敏感に反応し、あるいは不安をつのらせて旧貨を抱えこみにかかります。何とぞ、こと改貨に関しては、すでにまかせられた方々を信頼され、横から口をさしはさまれること、固くご無用にねがいたい」

ここまで強く白石は言ったのか。それはわからないが、狼の持つ激しさ、あるいは、藤沢の好む「暗い情熱」がここに投影されていることはまちがいない。

それがあるから、ここまで強く出られるのである。

「藤沢の中の白石」と「白石の中の藤沢」

白石のそばにいた伊能佐一郎という弟子が、夫ある女と駆け落ちをした。おそらく、この若者は藤沢の創作だろうが、彼は置き手紙にこう書いた。

「市井紅塵の間に生業をもとめ」云々。

これについて白石は、あまりに意気地がないと思いつつも、腹は立てなかった。

《可憐《かれん》なことを言うものだという気もした。おそらく女にすすめられてその決心をつけたのだろうが、市井に生きることが武家奉公より楽だとはかぎるまい》

白石がこのように伊能を憐れむこともできるのは、「一点のやわらかい部分」が白石にあるからだった。

白炭やあさ霜きえて馬のほね

こんな句をつくったこともある心情が、「齢とともに亡父に似て剛直に傾きがちな性格の中に消えずに残っている」から、白石は「女と消えた不肖《ふしょう》の弟子のうしろ姿」を「艶な色調の絵巻の部分」でも見るように見送ることができたのである。

ローマから潜入した切支丹《キリシタン》宣教師、シドッチと白石のやりとりなど、この本の中で展開された問題で、今回触れなかったものも多い。

しかし、私はあくまでも、藤沢の中の白石と白石の中の藤沢を追った。

《――だんだんに……。

敵が多くなるな、と白石は思った。顔の内側ににがい笑いが動くのを感じる》

こうした描写に、まさに「藤沢の白石」がいる。病身というところにも、藤沢は強く共鳴したのだろう。

藤沢はけっして、望まれるリーダー像とかいうことで白石を書いてはいない。一個の「片ムチョ（意固地）」な人間として描いているがゆえに、ただならぬ存在感がある。

第四章　司馬遼太郎をどう評価するか

(1)「自由主義史観」と「司馬史観」――石川好《いしかわよし》対談

世界に通用しない「愛国心」

私の友人の石川好さんの人脈はとてつもなく幅広いが、司馬さんとも近かった。それで、彼が司馬遼太郎をどう見ているのかを、とくに、いわゆる「自由主義史観」と「司馬史観」は違うのか、同じなのかを中心に尋ねてみた。

編集部　「亡くなった司馬遼太郎さんの『司馬史観』も自由主義史観と同じ立場にあります」と公言する自由主義史観グループが跳梁跋扈《ちょうりょうばっこ》しています。自由主義史観は司馬史観と同じなのでしょうか。

石川　自由主義史観研究会の代表・藤岡信勝氏（東大教授）の編著『教科書が教えない歴史』を読むと、「日本人というのはいい人ばっかり、すごい人・偉い人ばっかりだな」という印象です。その意味では、司馬さんが書いた「よき日本人」を、これでもか、とばかりに書いている。しかしそれは、司馬さんが書いた幕末から明治に日本が開国していく過程、独立を勝ち得ていくまでの間の人物たちのありようや考え方をパクっただけで、本来の司馬史観とは関係ありません。死人に口なしとはいえ、自由主義史観の人たちの曲解です。

佐高　藤岡のボス役の西尾幹二（電気通信大教授）なんか、いまだに「外国人労働者問題は開国か鎖国かの問題になる」なんて言っている。司馬氏は開国派ですからね、その一点だけを見ても、自由主義史観と司馬史観は違うということですね。

石川　司馬さんは今どきの自由主義史観をとなえるような人たちが、いちばん嫌いだったんじゃないかな。司馬さんは、幕末から明治に至る日本の姿を、昭和になってだれがぶっ壊したんだ、まさに今どきの自由主義史観の連中のような排外主義の考え方が日本をダメにしたんじゃないか、ということを書いたわけですからね。彼らの考えとはまったく逆だし、自分の発言や作品が政治的に使われることをいちばん嫌っていましたよ。

佐高　あくまでも、誤解、曲解したほうの責任ですか？　誤解される司馬氏のほうには落ち度はなかったのだろうか。司馬氏自身には罪を着せることはできないという見方と、司馬氏自身にも罪があるんじゃないかという見方がある。自由主義史観の人たちの「日本万歳史観」は、たしかにつまみ食いだと思いますが、一方で司馬氏は自由主義史観の人たちに痛撃を与えるようなものを書いていたか、という疑問が私にはありますね。

石川　司馬さんの本を読むと、どこかでしゃべるのに都合のいい、基礎的な知識になるようなエピソードがいっぱいある。つまり炉端講談の語り部《かたべ》です。歴史の教育現場で学ばなかったようなことがいっぱい入っている。そういう点では便利な日本史のアンチョコだった。それぐらい戦後の歴史教育はなってないところがあったんです。

佐高　それはある種の歴史における個人の役割を肥大化させた個人肥大史観だ、英雄史観だというふうに私は批判した。

もうひとつ、司馬氏の問題として、歴史の絶対値主義化がある。たとえば西郷という人は、絶対値は大きいけれども、マイナス的にも大きい。プラスだったらプラスも大きい。そういうプラス・マイナスを付けないで、絶対値としてこれは面白い人だった、大きい人だったというふうに歴史を解釈させるようにしてしまった。

石川　変な読まれ方をしたが、自由主義史観グループについては、司馬さんに落ち度はないと思う。そんなことをいったら、彼らは自由主義史観という名前の由来は石橋湛山（政治家・評論家＝故人）から得たと言っているじゃないですか。これも湛山は怒ると思うよ。同じように司馬さんも嫌だろう。

佐高　それを言われると私もしゃべりにくくなる。石橋湛山を評価する私としては、注意深く避けていたんだけれども（笑）。

石川　湛山と司馬さんの共通点は、数字をしっかりとらえたことです。たとえば湛山は、植民地経営をしてはいけない理由を、道義ではなく、「われわれの国力では満州や朝鮮半島を経営する能力がない」、「経営する側に能力がなければ、される側はもっとひどい目にあうからやってはいかん」と、きちんと数字を出して言っている。間違った数字もあるが。

佐高　気概で超えられない現実ということですね。それは「撃ちてし止まむ」の精神主義をもってくるなという話でしょう。

石川　そう。今どきの自由主義史観は一種の精神主義です。精神主義者が、合理主義者の司馬さんや湛山の名前を騙《かた》って自由主義史観とのたまう。「従軍慰安婦」問題でも、戦争だもの、強制も応募も共にあった。事実は事実として認めるべきです。彼らはあの二人がいちばん否定したことを言っているわけです。

佐高　自由主義史観は一言で言うと不自由主義史観なんだと思う。つまり偏狭なナショナリズムから全然自由じゃない。自由主義史観と言いながら、偏狭なナショナリズムにとらわれている。

　愛国心というもののあり方・持ち方が、ひ弱なんです。自由主義史観の人たちの「先祖を侮辱するのか」という考え方は、裏を返せば、愛する人間に欠陥があれば愛さないということになる。欠陥があっても愛さずにはいられないのが先祖であり、故郷ですよ。

石川　うまいことを言った。司馬さんがいちばん警戒していたのはそこです。彼が常に問題にしていたのはナショナリズム、愛国心の問題です。彼は口癖のように、「日本のナショナリズムは一皮むけば尊皇攘夷だ」と言っていた。だから彼は、日本のナショナリズムを書くときに必ず、「世界の中で」という視点を入れたわけですよ。「世界で通用するナショナリズムか」という命題を立てて司馬さんは書いた。そして尊皇攘夷ナショナリズムを薄めるにはどうしたらいいか。結局、世界という視野の中に日本人を投げ込んでみるしかないんじゃないか、という考えが常にものを書くときにあった。彼によって作られる日本の愛国の物語がグーッときたところで、余談としてそのとき唐ではこうだとか、アイルランドではこれがあったと一回、必ず息を抜いて、相対性を入れる。それを彼は非常に気をつかってやっている。

佐高　昔、小田実（作家）が、開かれたナショナリズムというけれども、ナショナリズムは開くことができない、と言っていた。小田の場合、インターナショナリズムを開いてナショナリズムを取り込むしかないという視点だけど、司馬氏もそれに近いですか。

石川　司馬さんに、「現代で誰がいちばん坂本竜馬に似ているか」と聞いたら、「小田実」と言ったことがある。小田実のなかにあったインターナショナリズムを司馬さんは見たんだな。

司馬遼太郎の価値観

佐高　司馬氏がアメリカに行くときに、当時はまだ無名だった石川好に会いたいと言った、という話を石川さんの本で読んで、司馬遼太郎の眼力というのはなかなかのものだと思いました。

石川　司馬さんは何ごとをするにもまず先に徹底的に本を読む人です。初めてアメリカに行くにあたっていろんな本を読んでいたときに、それまでアメリカについて書かれたものは面白くなさすぎたけれども、『カリフォルニア・ストーリー』（中央公論社）を読んで、アメリカというものをこういうふうに書くと面白くなる。この筆者に会ってみたいと言っていたと紹介者から聞きました。

『カリフォルニア・ストーリー』は、カリフォルニアの歴史を私流に書き直したようなものですね。なぜ人はアメリカに来るのか。そこに人がやって来る動機、人が住み着いてしまう理由、世界中の人がとにもかくにも住んでいられる理由、そういうことが多少書けていて、司馬さんはそこを見てくれたのでしょう。

佐高　石川本の特徴と言える、アメリカはフェロモンを発している国であるという視点に、ピンと来たのかな。それまでのアメリカ物というのはフェロモン的臭いがしない本ばっかりだった。小説で移民といえば大きいテーマでしょう。そのへんにもやっぱり彼はひかれるわけですか。

石川　アメリカに彼が興味をもったのは、彼の定義する文明という言葉の確認ですね。『アメリカ素描』は、そのことを縦から横から、上から下から書いているようなものです。

文明というのは、より多くの人間が参加できるシステムである。宗教も違うし、価値観も、歴史も全部違うけれども、とにかくその違いを超えて住み得る生活のありよう、それを文明というんだと。そうするとアメリカ文明ほど世界の人間があらゆる差異を超えて住み得た文明はない。そういう点で言うなら、アメリカ文明ほど大きな文明はない。彼はその確認に行ったんだな。

国民作家としての反省

佐高　ところで司馬氏の小説は、非常に乱暴にくくると青春小説、立志伝でしょう。その彼の感覚に、あなたの書いたものが触れたということも、彼があなたに会いたいといった理由の一つでは？

石川　それはあるでしょう。司馬さんの本は、前半はほとんど青春小説なんです。少年を描いたらいちばんうまい。

佐高　たとえば、孫正義（ソフトバンク社長）という人も、『竜馬がゆく』を読んで、坂本竜馬に傾倒する。武田鉄矢（俳優）もそうでしょう。さまざまな人が傾倒する。でも非常に極端に言うと、彼の小説は青春のある種の「フレー、フレー、孫」「フレー、フレー、武田」以上のものではない。

また、会田雄次（京大名誉教授）が「司馬は悪人を書いてない」と批判をしている。つまり、青春文学、青春小説にとどまっていた。青春は、まだどっちにでも、可能性があるときですよね。極端なことを言えば、タカリ官僚の中島義雄（元大蔵省主計局次長）だって大学を出て間もないころは、タダ飯を食いたくないなんて言っているわけだから、どっちに行く可能性もある。そこしか書かなかった。厳しく言えば、受け取られ方の計算は司馬遼太郎にはなかったということだね。

石川　そうなんです。あの人の小説には悪人は出てこない。それは司馬流ダンディズムだと思う。彼は意識して悪人を書かなかった。あるいは自分には書けないと考えたと思いますよ。ただ、『竜馬がゆく』が多くの読者をとらえている理由を、私はこう思う。竜馬は何もしていない。最後の三、四年だけ活躍して終わる。みんなが『竜馬』がいい、『竜馬』が青春文学であるという理由は、そのやったことではない、やるまでに、何をしていたのかなのです。竜馬が本格的に志士活動をやるのは二十六歳。幕末の志士のなかでいちばん晩成なんです。吉田松陰は二十九でもう死んでいる、高杉晋作も二十代に死ぬ。竜馬の二十六とは、いまの年齢でいえば、ほとんど四十過ぎですよ。それまで何をやっていいかわからない。寝小便したり、剣道やったり、佐久間《さくま》象山《しょうざん》のところへちょっとだけ行ってみたり、つまりその青春の彷徨がいいんですよ。

佐高　モラトリアム人間のもだえというか、悩みというか、煩悶への共感ですね。

石川　ところが、自由主義史観グループでも経営者でも、いわゆる竜馬好きは、一挙に薩長同盟をやったり、大政奉還をやったり、船中八策《せんちゅうはっさく》（八カ条の国家思想）で、ああいうものによって日本をつくったというところがいいと思っているわけですよ。

佐高　そうすると経営者も司馬氏に対して錯覚があることになりますね。つまり日本の経営者は結局、動機主義で、ろくなことをやらなくても会社が回っていくから、何かやったような錯覚だけ植えつけられればいい。その読み方の錯覚に司馬氏は気づいたのですか。

石川　司馬さんの側に少し問題はあると思う。司馬さんには、こういうふうな意識があったと思います。

――自分は国民作家だと言われた。自分ほど読まれた作家はいない。一億冊以上の本が売れていて、文庫本はみんな百万、二百万売れている。経済人も、政治家も、愛読書というと司馬遼太郎が出る。ということは、おれの本を徹底的に読んで励まされて経済をやった、政治をやった。その結果、こんなくだらん国になってしまった――こういう意識が司馬さんには絶対あった。特に晩年はね。これは国民作家の反省ですよ。

佐高　劇薬の薬の調合を間違ったという意識が司馬さんのなかにはあって、それで『この国のかたち』を書き始めたという井上ひさし説に近いね。

石川　日本人は、自分の都合のいいようにものを読む。憲法も、従軍慰安婦問題も含めてね。だから日本人にそういう習慣があることに司馬さんは気がついていたかどうかは疑問ですね。

現代の「坂本竜馬」探し

佐高　武村正義（元蔵相）も、司馬さんと対談していますね。
石川　司馬さんがアプローチしてきたんですよ。滋賀県知事になった後、琵琶湖の環境条例で一人で闘いを始めていく武村氏にね。司馬さんはすでに『街道をゆく』の連載を始めていて、土地問題に対する警告を田中角栄に発していた。琵琶湖の水が死に絶えることは、関西の文化圏のみならず、日本の風土が変わるんだ、という危機感をもっていた。
　そこに武村さんが一人で闘いを開始した。すると司馬さんは、「こういう人が出るということは希望じゃないか」というような文まで書き出した。その間、武村さんは全然、司馬さんのことを知らない。武村さんと司馬さんが会うのは、五年か六年たってからです。司馬さんがぜひ会いたいと言って対談が始まるんですよ。
佐高　小説のなかで竜馬とかを描いていたが、だんだん物足りなくなって、今の時代に竜馬的な人間はいないかと、眼鏡のレンズを現在に向けだしたわけだ。
石川　司馬さんが武村さんたちや土地問題に関心を持ちだすのは、おそらく『坂の上の雲』を書き終えた後、経団連や経済界が司馬遼太郎万々歳をやっているときですよ。列島改造をやり、超高度成長路線を突っ走っているとき、司馬さんに励まされながら事業をやった連中が「司馬さん、司馬さん」と言っているころ、すでに司馬さんの関心は武村さんらの環境問題に関する闘いなどに向いていたんだな。

ところが経済界は気がつかない。経済界が『坂の上の雲』に励まされて日米経済戦争に勝ったと言っているときに、司馬さんは「土地を公有化しなければいけない。共産主義者と言われるかもしれないが土地は公有化しろ」と、宮澤喜一（元首相）や木村俊夫（元外相＝故人）に言っているんです。

佐高　司馬さんは松下幸之助（松下電器会長＝故人）にも関心があったのか、対談をしていますね。松下幸之助もある時期、土地公有化というようなことを言っている。まずひとつ、松下のその言葉と、司馬さんの考えがどう違うかという問題がある。次に、松下幸之助は口ではそういうことを言っていたかもしれないけれども、実際やったことは財テクだ。松下の後釜の、中内㓛（ダイエー会長）でも稲盛和夫（京セラ会長）でもそうだ。そのズレはどうなのか。司馬さんには経営者に対する眼力はなかったと思いますね。

司馬さんの地元の関西で言うと、この間こういうことがあった。関西経済連合会会長に川上哲郎という住友電工の会長がなった。この人は、私は評価していた経営者です。財テクをやらなかった経営者で、財界人に嫌われている私のインタビューも堂々と受ける数少ない人だ。

ところが彼が関経連の会長になったら、関西電力と松下電器、特に関電が足を引っ張り、今回、退陣せざるをえなくなった。これは私に言わせれば、アンチバブルの数少ない人間を、バブル派が寄ってたかって引きずり下ろした図なんです。

そのアンチバブル派の川上みたいな人をきちっと目を据えて司馬さんがバックアップしていれば世の中は違った。松下幸之助なんかとチョロチョロっと対談したりして、わが味方みたいに思われていたから、関西財界の主流は、「司馬さんは自分たちのほうだ」と思っていたかもしれない。

石川　松下と対談した理由はわからないけれども、松下幸之助が土地の問題とか、それから税金がこれだけ高いと世が世ならもう暴動だと言ったじゃない。ああいうものの言い方に一つの共感を持ったと思う。

司馬さんは経営者に会うことと政治家に会うことの二つはすごいタブーにしていた。自分の発言が政治的に利用されるのはいやだったんですよ。その一人に小沢一郎（新進党党首＝当時）がいる。『日本改造計画』（講談社）を書いたときに、小沢一郎は司馬さんに序文を書いてほしかった。司馬さんは講談社と縁もあるし、小沢一郎は推薦をもらってくれと講談社の重役にまで圧力をかけた。しかし司馬さんは、「何を勘違いしてるんだこの男は」と、突き返したのです。

佐高　それには小沢―武村の対立構図もある？

石川　いや、それとは違う。この人が天下を取ったらとんでもないことが日本に起こると言ったそうですよ。それは必ずしも小沢が危険という意味ではない。彼が天下を取ると何が日本に起こるのか、歴史のアナロジー（類推）として自分にはわかるとね。

国家観と戦争体験

佐高　たとえば城山三郎さんは、松下幸之助に対して非常に厳しい。一方、本田宗一郎を礼賛し、本田に対しては共感を持っている。それで松下のことは書かない。城山さんとか、藤沢周平とかは一九二七（昭和二）年生まれで、兵卒の立場で戦争をくぐった人ですよね。司馬さんは年齢的にも、もうちょっと上。そうすると、城山、藤沢と、司馬さんの戦争で人が死ぬことについての考え方にズレが出る。

井上ひさしさんが、『この国のかたち』では、全部今までの自分を否定していったんだと言うので、一応、私も『この国のかたち』を開いてみたら、真っ先に、「織田信長はすべての面において創造的であった」と出てくる。藤沢周平は「信長ぎらい」というのを書いている。そこもまた経営者の誤解を生む一つの原因でしょう。

石川　司馬さんが小説を書くモティベーション（動機）として有名なのが二つある。

一つは二十歳のときの自分に書いているというもの。つまり二十歳のときになぜこんなバカな戦争をやっていたんだと自問自答した自分に対して、その戦争をやった理由は何だということを書きたかった。

もう一つは、軍隊での体験。敵が来るのに軍は住民の後方にいた。アメリカ軍が上陸してくれば、われわれの戦車隊が前に進めないじゃないかと上官に言ったら、構わんから、住民は殺せと言われた。司馬さんにとってはこの二つがすべての原点なんですよ。

つまり国家というものは、たとえどんな戦争であれ、国民を守るために戦争をやっている。それが国民を踏みつぶしていいから戦車を通せという国は、もうこれは国家とは言えない。そんなものをわれわれは国家と呼んできたのか、そんな日本の近代って何なのだ、という絶望観。一番の疑問はそれなんですよ。

佐高　それをそのまま国家ということだけに限定したんですね。それとまったく同じことを戦後、経営者は会社においてやっているわけです。そこについては司馬さんは思いが及ばなかった。戦前の国家が、形を変えて会社となったんだ、という認識がスポーンと落ちてしまったんじゃないですか。

石川　それを戦後の問題として彼は書くだけのリビドー（衝動）はなかったんですよ。よく言うように、「もう、わたしはリビドーは切れた。だから小説は書けない」と。

佐高　とはいえ、何と愚かな指導者よと思った司馬さんが、なぜあの現代の指導者、経営者たちに対する警戒心を解いてしまったのかという疑問は最後まで残ります。しかし、今日は、司馬遼太郎のもうひとつの面を教えられた感じはしますね。

(2) 歴史のうねりを描くとは――色川大吉《いろかわだいきち》対談

高度経済成長に棹《さお》さした作家

強敵・司馬遼太郎に対抗するために、私は『明治精神史』（講談社学術文庫）の著者で、瑞々《みずみず》しい文章を書く歴史家の色川大吉さんに援軍を求めた。さすがにその指摘は鋭く、司馬の「歴史小説」の浅さを完膚《かんぷ》なきまでに明らかにしている。

佐高　私は大学を出たあと郷里に帰って、山形県立庄内農業高校の教師になったのですが、そのとき、佐藤誠朗さんという、岩波文庫の『自由党史』を遠山茂樹さんと一緒に校訂されている先生が、組合の書記長になっていた。私なんかはいちばん下っ端の分会の役員で、徹底してその先生に薫陶を受けました。その佐藤さんが当時一所懸命電卓を叩いている。何をやっているのかと思ったら、あそこにワッパ一揆というのがあって、それに参加した人たちが田圃《たんぼ》をどれくらい持っていたかというのを全部調べて、階層分析をずうっとやっているわけです。あの辺は冬が凄まじく寒いのですが、雪を踏んで水帳みたいなものを探しに行く。

佐藤さんは後に『ワッパ騒動と自由民権』（校倉書房）という本をまとめるのですが、その研究を脇から見ていて、歴史というのはいろいろな人が参加した、うねりの中から生まれてくるものなのであって、個人の力だけでは動かないのだということをつくづくと感じました。それまで私も、ヒーローが活躍する講談本的な歴史認識に毒されていましたから、そのときに受けたショックは非常に大きかったのです。

そのあたりが今日お話しする司馬遼太郎の小説とは対照的な感じがします。色川さんのよくおっしゃる「歴史の伏流」といってもいいのですが、歴史のもっているうねりというのはそう簡単に個人の力でつくりだすことはできないはずです。しかし、司馬の小説では、個人の力が非常に過大評価されている。いわば「個人肥大史観」だという感じがするわけです。

なぜこれほどまでに司馬がうけるのか、いつも不思議に思っているのですが。

色川　これまで司馬の本の売り上げ冊数は、二億冊をゆうに超えているそうです。これは日本の読書史上でも空前であって、おそらく絶後であるかもしれません。読者の反応などをみても、右から左までみんな褒めているんですね。去年彼が亡くなったときに、目についたものだけで四十近い雑誌が、ほんとに右から左まで追悼特集号を出している。

彼が三十代から書きだして、七十三歳で死ぬまで読者がずっとついてきていることになりますが、これは何なのだろうか。彼は人物を通して歴史を描いたから非常に読みやすいということはもちろんありますが、それだけではないのではないか。

彼の作品の年表を見てみると、大ベストセラーになるのは『竜馬がゆく』からですが、その後『燃えよ剣』『国盗り物語』『峠』『殉死』、そして『坂の上の雲』と続く主要作品は、一九六〇年代初めからオイルショックの起こる前の七二年までの、まさに「昭和元禄」といわれた時期に出されている。つまり、オリンピックから万博、そしてオイルショックまでの、日本の高度経済成長の黄金時代です。

なぜその時代に彼の作品が生み出され、そしてそれが膨大な読者に受け入れられたのか。考えてみる必要があります。これは期せずしてそうなったというのではないでしょう。

思うに、敗戦によって明治憲法下の国家がいっぺん滅びて、戦後革命の結果生まれた新しい体制の経済国家が再び上昇過程を突っ走っていくという道筋と、維新戦争から日露戦争まで明治国家が急速に上昇してゆく道筋とが、司馬の作品によって読者の頭の中でぴったり重なったからでしょう。

明治期に出てきた非常に積極的な人間像が、戦後世代の生きた六〇年代という時代のなかで、ある程度オーバーラップして受け取られる情況があったのではないか。

司馬の読者は戦前の時代小説の読み手とは違う。『坂の上の雲』はあしかけ五年も連載して文庫本で八巻もあるわけですね。これを読む余裕のある人間というのは、どう考えても較馬天狗の読者じゃない。親子心中したり、店をたたんで夜逃げしたりするような底辺の庶民ではない。

司馬を喜んで読んだのは、一九六〇年代に日本社会の主人公になりつつあったホワイトカラー層、つまりサラリーマンという新しい階層の人たちだろうと私は思うのです。この人たちは毎年のように給料が上がっていくわけですね。やがて車を持てる、小さなマンションも買う、さらに週末ハウスを持つ者も出てくる。そうした自分をリッチだと感じるようになった階層が、通勤電車の行き帰りとか、日曜日に家でゴロリとひっくり返って読みついだのではないか。

一九六二年に『竜馬がゆく』が最初に『産経新聞』に出たときというのは、ちょうど池田内閣の所得倍増時代で押せ押せの上昇ムードが拡がっていました。統計では、サラリーマンといわれる階層が初めて就業労働者総数の五〇パーセントを超えるんです。まさにサラリーマン時代の到来です。六〇年に植木等が出てきて、六一年が「スーダラ節」のヒット。そのとき司馬も人気作家になった。

そういう意味では、司馬遼太郎は、高度経済成長に棹さした作家だといえると思います。もちろん彼がそのことを狙ったわけでもないし、彼の世界観が読者層のもつ期待と微妙にずれていることはわかるのですが、多くの読み手は時流に棹さすもののように受けとめた。

そのころ、日本の文壇文学は非常に内向していて何となく薄暗くて、とてもじゃないが大衆性がなかった。そういうときに実にすっきりした、非常にわかりやすいヒーローを描く面白い作品が出た。未来があって、希望がもてるし、読んでいて元気が出る文学が出てきた。

佐高　リポビタンDですね（笑）。

ちょうど『竜馬がゆく』が単行本になって出たころ、私は農業高校で教師をやっていましたが、そのときに、「おまえたちのおじいちゃんは『竜馬がゆく』の世界には登場してこない。これは二階から見た歴史なんだ」という話をした覚えがあるのです。江戸末期の人口の八割を占める農民が浮かび上がってこない歴史の描き方ですよね。

色川　八割が農業人口だったのが、今度はサラリーマンが六割を占めるという、ちょうど逆転の時ですね、司馬の登場は。戦前ですと、地方に住んでいる多くの人たちに吉川英治の『宮本武蔵』がウケた。それを読んで戦時下の〝尚《しょう》武《ぶ》〟の精神主義に同調していく人たちがたくさんいたわけでしょう。

今度は別なサラリーマン層、日本株式会社の企業戦士たちの上昇過程に司馬の作品が大歓迎を受けた、つまり、たがいに共鳴したのだと思うのです。

司馬と大岡の対立する視点

佐高　「朝日」と「文春」、あるいは「朝日」と「産経」はある種、敵対的なはずなのに、これらがみんな自分のところが司馬の本家を誇るという、オール与党体制ができあがっているわけですね。

昭和十年だったと思いますが、横光利一が日本の経済小説のはしりとも言える『家族会議』のあとがきに「ヨーロッパの知性というのは利息の計算を知っている知性である。ところが日本の知性というのは利息の計算を知らない知性だ」と書いています。日本で文学とは文学青年のものなのですね。会社に入ったらもう青臭くて読めないようなものばかりで、そこに経済小説が出てくる余地があるのですが、それと同じような意味で司馬小説も大人たちに受け入れられていくんですね、要するに青臭さの反動として。

色川　司馬のブームの前に山岡荘八がいるんですね。彼の『徳川家康』には、経営の神様などといわれるような家康が出てきます。しかし振り返ってみると、『徳川家康』の連載が始まったのは一九五〇年、朝鮮戦争勃発の年ですが、はじめは全然注目されないのです。その連載も大新聞ではなくて、九州や北海道などの地方紙だった。

それが爆発的に読まれるようになったのは、単行本になった一九六七年からです。その年は、ちょうど『竜馬がゆく』完結のころです。銀行員などがいっせいに読むようになった。

佐高　私は、司馬というのはある意味で新党さきがけの人たちの考えと一致するという感じがするんです。なぜそうかというと、さきがけは、たとえば破防法には賛成なんですが、侵略戦争史観については一定の批判をする。この揺れがぴったり司馬なんですよ。つまり、両方とも良質保守なのです。この志向性が、サラリーマンのスタンスと微妙に合う。

サラリーマンにとって現実批判、とりわけ政治批判は禁じられている。ともかく与えられた条件の中で改良を重ねていくことしか許されない。会社システムを支えている大もとの体制を批判することは、もってのほかなのです。だから現実批判をやらないで、明治へのノスタルジーを表明する司馬というのは彼らとピタッと合ってくる。

色川　非常に入りいいですよね。それは、十四歳年長だった大岡昇平をもちだすと、非常にくっきり出ると思います。

というのは、大岡昇平は大作『レイテ戦記』を、司馬が『坂の上の雲』に取り組んでいるときに、ちょうどそれと並行するかたちで書いているのです。『中央公論』での『レイテ戦記』の連載は、六七年一月から六九年七月までの三年間。『坂の上の雲』は六八年の初めから七二年まで続きます。

『レイテ戦記』は、これはまったく兵士の立場に立って、戦場で無益に死んだ敵・味方の兵士たちや住民への鎮魂の痛覚でもって書いているわけです。だから大岡は密林に横たわる死体の脇から見上げるようにして太平洋戦争を全局面において書く。

一方で司馬は、まさに彼の大好きなビルの屋上から歴史の道を通行する人間の完結した人生を見下ろすという俯瞰的手法で書く。実際に司馬自身、だいたい次のようなことを言っています。

「僕はビルの上から見下ろすのが好きなんです。上から見ると、人間というものが右から左の道に行って、車にぶつかりそうになったとかなんとか全部見える。そこにある人生というのは、下に見えるのが歴史だとすれば、みんな完結していて、いろいろぶつかったり、すれ違ったり、泣きの涙で別れたり、ということをやっている。それを自分は上から見る。そのことによって、その時代に生きていた人間にはわからないことまでも、後の時代の人間としてわかるので、初めてそこに面白さを感じるのだ」と。

こうした大岡と司馬にみられるまったく対立する視点の作品が同時代に並行してあらわれたというのは、まさに歴史のアイロニーだと思います。

そのことを大岡さん自身、当時、苦々しく思っていたとみえて、その後、『歴史小説論』を書いたときに、『坂の上の雲』についてピリッと厳しいことを言っています。

今日『坂の上の雲』などを読むのは庶民ではなく、実務的な知識層だろうとしたうえで、「司馬氏の爽快な鳥瞰的視点は高度経済成長の顕著となった六五年頃から読者に受け入れられたのではないか。これは戦前の吉川英治が『宮本武蔵』を書いて、ファシズムに向かう国民にひとつの励ましを与えたメッセージと重なるのではないか」と、実に手厳しい。

佐高　それからちょっと面白いものも書いていますね。大岡さんらしい皮肉だと思うのですが、「『坂の上の雲』の騎兵隊長秋山好古は、敵前で決断する時、いつも酔払っている。それまで彼の蓄積した軍事知識と経験に基く情勢判断が、霊感となって閃く瞬間を待っている、と合理化されている」と。痛烈ですね。

色川　非常にシニカルです。大岡の立場は「たとえば山下将軍がレイテ島を防衛したとか、山本五十六が真珠湾を攻撃したとか、そんな戦争史観はナンセンスである」というところから始まるのです。戦争というのは、そういう上のやつらがやってやれることではなくて、無数の人々の絡み合いのなかで、最後に前線で撃ち合っている人たちの悲劇なのです。

そのことと歴史における可能性への感覚が『燃えよ剣』や『坂の上の雲』には欠けているんですね。

一例を出すと、戊辰戦争にはいくつもの可能性があったはずです。軍事力からいえば幕府のほうが薩長よりも十倍くらい多かったのですから、幕府が勝つという可能性が大きかった。逆に、士気や経験などの面で薩長が勝つという可能性があった。しかし両方共倒れになる可能性もあっただろう。さらには、日本周辺にイギリスやフランスの艦隊が来ていましたから、内政干渉されて、内戦が外戦に転化するという可能性もあった。また、大坂の打ち壊し、各地の世直し騒動、武州一揆といった民衆の力が出てきて、大混乱状態になる可能性もあったのです。

そういういくつもの可能性のなかで、そこにいた当事者はどの道を進むかで悩んだわけです。

「俺はどうしようかな、おまえはそっちに行くのか、俺はこっちに行くよ」という選択の苦悩と快感こそが歴史小説の醍醐味でしょう。現実にはならなかったいくつかの可能性とは、ほとんどが民衆レベルの問題です。

そうした可能性の問題を無視して、現実化した歴史の流れだけを追うと、どうしても権力者の歴史の追随になってしまう。

歴史的可能性がどうして一つの現実になったか、それを描こうとするなら、民衆レベルの迷い、悩み、さまざまな人生の結び目に注目しなくてはならない。また可能性のままで終わってしまった無数の人生がある。それにも目を配って、現実となったものを相対化してみせること、それこそが歴史小説の役目なのではないか。

ビルの屋上から眺めているのではそれは絶対に見えない。むしろ下から靴磨きの少年が見上げるようにして路上を見渡すのでなければね。

薄っぺらで、まるで紙芝居

佐高　司馬は、わかりやすさや入りやすさを優先させるために、とことん歴史を単純化していきますね。でも、どうなるかわからないのが人生でしょう。いま色川さんが言われたようなさまざまな可能性のなかを揺れながら動いていくわけですから。

色川　ある意味では、その揺れにその人の個性や本質が出たりするわけですよね。

佐高　江馬修《えましゅう》の『山の民』を読んだときに、その重層的なうねりの面白さに圧倒されました。ああ、これが歴史だという感じですね。それに比べると、司馬はものすごく薄っぺらで、まるで紙芝居に見えてきます。

色川　そうなんですよ。ある特定の人間のみに密着しすぎると、ほんとうは横からの圧力に影響されて動いているのに、それが見えなくなってしまう。そして、すべてその人物の意志でものごとが進んでいるように見てしまうことになる。それは、最初に現実―結論のほうから見返すからそうなるんです。

佐高　逆にこういう可能性もあったけれども、何かの拍子に、ひょっとこっちを選んでしまったということもあるはずですよね。『山の民』の梅村騒動の場合には一揆の高まりがあって、それをどう切り抜けるかをめぐっていろいろな話があるわけですね。『山の民』には、全員参加の凄まじいうねりがありますね。

色川　すごいですね。町衆と村方衆と代官、それから神官や坊主たち、みんなそれぞれの運命を賭けて動いていくでしょう。どうなるかわからないわけですよ。『山の民』はそういう意味では歴史小説の本道を絵に描いたように示したものです。

佐高　それが日本では読まれないし、知っている人もあまりいませんね。

色川　おそらく、『山の民』が読まれないのは、梅村速水という主役や村方衆の指導者が、もっとふくらみのある、愛される人間像として丁寧に描けていないからだと思います。そういう点にかけては司馬はうまいですね。

これは、トルストイの『戦争と平和』を出すとよくわかるのですが、あれも農奴やゲリラの農民から、一般の兵士、上は貴族、皇帝まで三千人ぐらい登場する大激動の大作です。ところがあの中には、ボルコンスキー公爵とベズーホフ伯爵という、二つのメインがあって、彼らの生き方や笑い方、教養から、迷い、苦しみなどが実に克明に描かれている。またその二人がロストフ家のナターシャという女性をめぐって競うことになるのだけれども、このナターシャが、ほんとに惚れ惚れするような素晴らしい女性として描かれている。

こうした点でも『山の民』と『戦争と平和』は、似ているようで実は違うのではないでしょうか。前者はおそらくマルキシズムの歴史観に忠実であろうと力を入れすぎたために、個別の人間描写よりも歴史の原動力は何かということにこだわってしまった。他方のトルストイは、そこに出てくる人間の面白さをふくらませることから歴史像を構成し、数千人が登場する大スペクタクルに作り上げたのです。

普遍的問題への掘り下げ

色川　大岡と司馬の文句なしの代表作である『レイテ戦記』と『坂の上の雲』を比べてみて、どちらが世界文学として通用するかといったら、司馬ファンがなんといおうと、『レイテ戦記』でしょうね。『レイテ戦記』の場合、人間存在の究極状況における生々しい姿が、かなりのスペースを使って芸術的に形象されているのだから。

他方、司馬の『坂の上の雲』では、確かに秋山兄弟などは、男の間の抜けた可愛さみたいなものまで、よく書けている。しかし、それはあくまでも司馬個人が明治の人間に対する愛情の中で育んだ人間像にとどまってしまって、それ以上に描けていない。だから、アメリカ人や中国人が読んでも、共感できるような普遍性があるかといったら、ないでしょう。たとえば、日本海海戦の最後で、ネガボトフ艦隊が降伏するところがありますね。ロシア側は砲撃を止め、砲身に袋を被せ、帰順の姿勢を示して、白旗まで出している。それなのに東郷平八郎が一方的に砲撃させるものだから、すごい死者を出すのです。

秋山真之がそれを見て、「長官、敵はもう降伏しています。撃つのを止めて下さい」と叫ぶところがある。この部分は、もちろんフィクションでしょうが、秋山が東郷に「止めて下さい、武士の情けではありませんか」というのであれば、そこからぐっと掘り下げて、秋山の人間性の深いところを司馬はもっと浮かび上がらせるべきだった。人を無益に殺してゆく戦争への懐疑をふくめて。やがて秋山は坊主になりたいなどと言いだしたというのですから。

そこで戦争における生死の問題、人間の極限の問題という普遍的なテーマを掘り下げていけば、司馬の作品も世界文学になったのです。

『レイテ戦記』は、それを執拗なぐらいに追求している。だから文学としての普遍性をもってくるわけです。

佐高　やはり司馬は講談本の面白さなのですね。

明るい明治と暗い昭和

色川　司馬遼太郎は、明治は日露戦争までは素晴らしく健康な時代で、あとは非常に不健全だと言います。昭和になって、統帥権を振りまわした参謀たちの陸軍が日本をだめにしたんだとして、昭和の政治史を全否定するわけです。夜郎自大的な独善主義で、せっかく明治がつくった偉大な合理性やリアリズムをみんな失ってしまい、敗ける戦争に飛びこんでしまったと。

また、戦後の日本は革命はできたけれども、金を追求することに夢中になってしまい、非常に下品な国になってしまった。かつての東郷や秋山兄弟がもっていたような高潔な武人的な品性を失ってしまったと、批判するわけです。ひどく荒っぽい一面的な近代史観だと思うんですがね。

佐高　でも、明治があって昭和があるわけで、きれいにその間が切れているわけではない。因子としてまったく違う人間がそこに入ってきたわけではないですものね。

色川　彼は「民衆の時代」といわれる大正期をまったく無視するばかりか、戦前戦後をふくめて昭和を暗く染めあげてしまうので、それがかえって明治を明るく見せるという相乗効果をもたらしたのです。

しかし、読者は戦後の経済大国の明るい道と重ね合わせて彼の明治賛歌を受けとめた。だから、司馬の戦後否定のエッセイには傷つけられるでしょうね。

佐高　しかしそこは二重の詐術ですね。昭和はダメだと言っているのを昭和の人たちが喜んでいるわけでしょう。

色川　さらに彼は、現在の日本の社会についても、これからどんどん悪くなっていくし滅びるだろうというようなことも晩年に言うようになります。しかし、そういう言葉は『坂の上の雲』や『竜馬がゆく』の読者の胸には響かないんです。今はちょっと悪いけれども必ずまたよくなるだろうと思っている、実務型のサラリーマン読者層は司馬文学からずっと励まされ続けてきたのですからね。

私は、司馬個人は八〇年以降になっても相変わらず自分の作品が以前と同じように読まれていることには心外だったろうと思います。しかし、いっぺん作品を送り出せば、作品はひとり歩きして時代とともに動いてしまうので、作者の意図とはズレが生じる。その点ちょっと気の毒かなという気はありますね。

佐高　以前、井上ひさしさんと対談して、司馬をめぐって真正面から激しくやり合ったのですが、井上さんは「『この国のかたち』の中で司馬さんは自分が前に書かれたことを全部否定するようなことを言っているのに、それを読者は知らない」というようなことを言うのです。

それで私も『この国のかたち』を読んでみたのですが、そうしたらいきなり「信長は、すべてが独創的であった」と出てくる。私は愕然としました。全然前のことを否定していないじゃないか。

また、その前にずっと読者を酔わせる酒を作り続けてきたのですから、あとで酔い醒めの薬をつくったって、読者にはそれは効きませんよね。

藤沢周平には「信長ぎらい」というエッセイがあって、「あれだけ人を殺した信長を自分は絶対好きになれないのだ」と言う。彼は殺される側に立っているんですね。

色川　それに、『この国のかたち』のような短いエッセイでは、あれだけの超大作の圧倒的な影響は相殺できないですよ。もし作家がほんとうに自己否定するのであれば、『竜馬がゆく』に匹敵するような新作を書いて、自分の新しい主張を形象し、読者に提供しなければいけないのです。これこそ今の司馬遼太郎の姿です、どうぞ読んで下さいと。それをせずに、あんな薄っぺらなエッセイ集で、お説教だけするというのではだめです。

司馬は自分の作品のあとがきなどで、「終戦の放送を聞いたあと、なんと愚かな国にうまれたことかとおもった」、なぜ日本人はこんな愚かな戦争をしたのだろう、そうした疑問を自分自身で明かしてみたくて私は長い小説を書いてきたというのですが、それを真に受けて、司馬の創作の原点は敗戦体験で、日本否定にあったのだと解説している連中がいますが、甘いですね。

彼にもしそんな歴史的痛覚があったら、あんなおめでたい小説をずっと書いていられただろうか。司馬がそう言うのは、後知恵による自己合理化というものでしょう。どう見ても、小説そのものと、司馬が「あとがき」でいう執筆の動機とかいうものに整合性がないわけですから。

天皇と側近、司馬と読者

佐高　日本とは何かを問うとなったら、どうしてもそれは天皇制の問題に行き着かなければならないわけですが、その点で司馬はみごとに皇室尊重なのですね。やはりある種の良質保守だ。そこがまた大岡昇平さんのように勲章拒否の人とは対照的ですね。

色川　司馬は、天皇についての講演をやったことがありますが、そこで天皇とはエンペラーではなくて帝、つまり御門《ミカド》なのだと言う。政治に関わらずに、精神的な存在として持ち上げられていればいい存在だったのを、明治になってドイツやロシアの皇帝のように格上げしたところに間違いがあった、だが戦争が終わって、昭和天皇は皇帝からまたミカドに戻った、それでいいのだ、と。

要するに、非常に単純素朴な天皇肯定論で、彼が批判しているのは、戦前の天皇の側近グループ、とくに陸軍上層部が悪いということなのです。

佐高　いわゆる君側《くんそく》の奸《かん》ですね。それはまさに司馬自身に当てはまるんですよ。司馬はバブルなどけしからんと言っているけれども、それを起こしたのは彼の熱烈な愛読者である経営者たちでしょう。でも、そこで、読者が悪いんだ、司馬は違うことを意図していると、そういう話になる。

日本人の中に根強くはびこっているのは動機主義だと思うのです。しかし、天皇制でもバブルでもそうですが、すべて結果において責任を負わなければならない。司馬自身だって、いくら動機が違うとはいえ、バブルを引き起こした無能な経営者などに読まれる甘さとか弱さがあるわけですよね。

色川　高度成長期に経営者たちが何に動かされていたかといえば、非常にエゴイスティックな利益追求ですよね。その個々人の功利主義的な欲求に対して、司馬はそれが国民国家の壮大な発展に貢献するのだという位置づけを与えた。つまり、功利主義の合理化を小説を通じてやったのです。司馬の「明治もの」はまさにそれです。あそこで出世した軍人たちはみな「国家のため」に献身したというけれども、それで自分は大将や元帥になるわけで、功利主義と「国家のため」とか国家の栄光が重なっている。経団連の会長らが金もうけに成功すると勲一等になるのと同じです。彼はそこの明るさ、健康さを礼賛した。

歴史小説で歴史を知ったつもりになる

色川　司馬さんと私は歳が一年十カ月ぐらいしか違わない。同じ世代なのですが、彼は陸軍、私は海軍です。だから司馬さんの描く海軍像のおかしさは読んですぐわかりました。彼の描くような、スマートで合理的で国際感覚を持った海軍というのは、士官以上の将校だけの世界です。兵士レベルではやっぱり陸軍と同じですよ。殴る、蹴る、リンチはやるという具合です。海軍の主戦力である兵士たちは陸軍同様、徴兵された、非常に惨澹たるシゴキの訓練を受けてきた連中です。

そういう見方の違いもあって、私は司馬さんとは親しくなかったのだけれども、一度、『燃えよ剣』が終わったあとで、土方歳三が死んだ函館の五稜郭にゆき、一晩、彼と議論したことがあります。

私はそのときこういうことを言いました。あなたが描いた新選組のイメージは新国家をつくっていくという維新の指導者らの向日性が投影されすぎている。新選組は、あんなにからっとした単純なポジティヴな集団ではない。慶応三年～四年というのは、封建国家の体制が崩壊しかかり、信じられるものがなくなってゆくという、一種の無秩序な混沌の状況にあった。新選組は、そういうときに京都守護職の松平容保《まつだいらかたもり》なんかの金で尊攘派を殺すために集められた殺人者集団だ。その集団の中にあったものは非常に暗くてニヒリスティックな欲情や利己的野心だった。隊士相互も疑りあっている。隊長の芹沢鴨《せりざわかも》すら仲間に殺された。自分の剣以外には同志さえ信じることができないという絶望や人間不信におちいっている。

そういう集団を生み出したというところにこそ、あの時代の歴史の深さがあるのじゃないか。土方歳三もそうした一人で、尊攘派を捕まえてきてはリンチをやる、仲間を斬る、人をたくさん殺した。あなたの小説では、そういうところも少しは触れているけれども、大きくとりあげていない。英雄礼賛のように、元気だけ出るように書かれている。違うじゃないか――というようなことを言ったのです。

そうしたら司馬さんは、「いや、それは維新に対するあなたと私の考えの違いだ」と反発して認めようとはしませんでしたね。

でもそれは考えの違いだけだろうか。たとえば『新選組始末記』を書いた子母澤寛《しもざわかん》は、大正時代に新選組の生き残りを探し歩いて実話を聞いています。あるとき、ある隊士を訪ねていったら、昼間から雨戸を降ろして真っ暗な部屋の中に閉じこもっている。子母澤が「昔の話を聞きに来ました」といったら、「貴殿は何藩の者か」と聞くんですって。ゾーッとしたというんですよ。もう凍結人間なんです。いつも彼はおびえていて雨戸を立てて外には何十年も出なかったそうです。

そうした暗さ、不信と絶望の深さがわからなかったら、それを生き抜いて五稜郭まで落ちてきた土方歳三の、あの複雑で深みのある人間像が丸ごと書けないじゃないですか、と司馬さんを問い詰めたのですが、「うーん」と言って、だが、彼は結局、それを認めなかった。そして、「色川さんの言うのは、歴史でしょう。それと歴史小説は違う。歴史小説というのは、読んでくれる方に楽しみの娯楽を与えるものであって、読んだら絶望してしまうようなのはだめだ」と。

佐高　歴史小説と歴史叙述とを司馬は適当に使い分けしていますね。読者のほうはそれで歴史を知ったつもりになってしまう。

歴史小説と歴史叙述の違い

色川　司馬史観、それから歴史叙述と歴史小説について、最近、李孝徳さん、李成市さん、成田龍一さんが鼎談しています（「司馬遼太郎をめぐって」『現代思想』一九九七年九月号）。

そこで成田さんは、歴史を描く文体が司馬の問題を考える視座でいちばん鍵になるということを話したうえで、司馬遼太郎が徹底した相対主義をとっていたと過大評価をしています。

それも間違いだが、ここで問題にしたいのは、歴史叙述と歴史小説の違いです。そこを区別せずに、つまり歴史学と歴史小説をまったく同じ平面で論じてよいのか。成田さんは「戦後歴史学と司馬遼太郎とは相補的な位置関係にあり、双方が相まって、戦後の歴史の『歴史叙述のスタイル』を形成してきているとさえ、言えるかもしれない」と、あいまいに言うが、まったくわかっていない。

私は、まず、歴史叙述と歴史小説は原理的にまったく違うものだということを前提に考えたほうがいいと思う。司馬の作品は広い意味での歴史小説だが、歴史叙述ではない。森鷗外などの厳密な歴史小説の概念からすれば、歴史小説でもないということになるかもしれないが、それは、いま置いておくことにしよう。

歴史叙述も歴史小説も、歴史の事実として起こったことを無視してはいけないけれども、両者の最も大きな違いは、小説は自分が表現したいと思う理念を実現するためにフィクションを導入することが可能だということです。空白部分は想像力で補って埋めることができる。もちろんそれも、その歴史の状況の中で起こりえないようなフィクションを使うことは許されません。

一方、歴史家はそれをしません。仮説は提起するものの、わからない事実はわからないと言って残すのです。ここで「事実」なんかない、ただ「解釈」があるだけだという論議は、別問題です。

それから、歴史に登場する人間を書く場合も、文学者の場合は、人間の内面に立ち入って、それを深く掘り下げ、さらに広げていくのに対し、歴史家は、その人間が置かれた歴史的状況がどのようにその人間にしみこみ、その人間を動かしていくかという、歴史的規定性のほうに重点を置いて叙述します。もちろん歴史家も、ある人間の個性に踏み込みますが、その場合、個性の中に刻み込まれた時代性を読み取ることから始めます。たとえばエジプトの歴史を書くときに、文学者にとってはクレオパトラの鼻は非常に大事な問題となるでしょうが、歴史家はむしろクレオパトラの流転の背後にある状況や、彼女に刻印された当時のエジプトのあり方のほうが問題となります。

だから、同じ歴史を舞台にした世界の表現行動でありながら、二つの間にははっきりと違いがある。そこの歴史小説と歴史叙述との微妙な接点と相違を明確化しないで、成田龍一氏のように歴史を描く文体が鍵だと言っても、意味をなさないと思います。

日本の歴史家がもう少ししっかりしていれば

佐高　学生時代に「昭和史論争」を追ったことがあります。歴史をどのように描くのかという問題をめぐっての論争ですが、いまから思うと、最近の自由主義史観論争などはずいぶん程度が低いですね。亀井勝一郎は愛国心の危険性をきちっと指摘したうえで、もっと真剣に深い問題提起をしています。篠原一さんも『現代の政治力学』（みすず書房）の中で昭和史論争について政治史研究という立場から発言していますが、色川さんの中ではあの論争はどのように整理されているのですか。

色川　私は「昭和史論争」は亀井さんのほうに妥当性があったと思っています。『昭和史』のように史的唯物論にこだわりすぎて、人間をあのように道具のように扱ってしまったら、歴史叙述は成り立たないのです。

もちろん歴史研究としてやるのは別ですよ。でも、歴史叙述というのは歴史研究の成果をどのように一般の人に届けるかという言語行動なわけですから、民衆を無視しては意味をなさない。読んでくれる人々へ歴史像を伝達しようとするときに、階級の論理を主として持ちだすのでは伝わりません。

どんな時代のうねりの中で、どんな人間たちがどういう動機で動き、その結果はどうなったのかということをも踏まえたうえで、そこに歴史の何らかの必然性が貫通していたというのなら、それを指摘すればよいのです。人間が欠落した歴史叙述など本来ありえないのです。

けれども、亀井さんのように偶然性や自由を強調しすぎるのも間違いです。人々はある限られた枠の中で自由を行使しているのであって、そこの詰めは、遠山（茂樹）さんたちの研究成果が生かされてくるわけです。

佐高　私には贔屓《ひいき》チームのピッチャーがこてんぱんに打たれているという感じがしましたね。

色川　私が「歴史叙述とは何か」という論文を『思想』に書いたのは昭和三十四年二月でしたが、そこでは、E・H・カーやハーバート・ノーマンなどの歴史エッセイ集を使って、社会構成体理論や経済決定論などでは歴史叙述は成り立たない。もし歴史叙述を真剣に考えるのならば、いま読者に歴史像を強力に与えている歴史小説と私たち歴史家の歴史叙述はどう近くなるものなのか、あるいは遠くなるものなのか、そこの違いを明らかにしなければならないではないか、ということを提起しました。

そうしたら「色川は文学に傾斜して、学問を軽視している」と言われた。私は別に文学に傾斜したのではなく、一般の人々の歴史イメージの形成に歴史研究がほとんど影響力を持っていなかった現状を情けないと思ったのです。

だから、日本の歴史家がもう少ししっかりして立派な歴史叙述を発表できていたら、司馬遼太郎のような小説があんなに影響力を持つこともなかったですよ。

佐高　これは、歴史家がいちばん反省しなければならないということになりますね。

色川　そうなのです。私をふくめて歴史研究者が歴史小説に対抗する自分の専門領域の叙述を真剣にやっていなかったことが問題なのです。

不景気の中で司馬は一層受ける

佐高　私はいま非力を顧みず、郷里が一緒ということで「石原莞爾」を書いているのですが、そこでつくづく考えさせられたのは、朝鮮をどう描くかということです。その点、朝鮮についての司馬の視点は、非常に粗雑で偏《かたよ》りがありますね。

色川　そうですね。『街道をゆく』などでは朝鮮に優しいようなことを盛んに言っていますが、言い訳じみていますね。司馬は基本的には以前の考え方を改めていないのではないでしょうか。

中世以降、朝鮮は日本より後《おく》れた国で、明治の日本があのようなかたちで朝鮮を保護国にしたのもやむをえなかったのだという考えが根底にある。植民地化は文化的に悪だということを言うのだけれども、李朝時代に近代化を怠り、反動的な儒教体制をとってきたことの歴史的な結果なのだし、また、日本がやらなければ、ロシアかイギリスの植民地になっていたのだからやむをえなかったのだ、という考え方が根底にあるのです。

けれども、十九世紀の朝鮮にも金玉均はじめ、たくさんの近代化論者が出てきて改革のために奮闘していた。農民のなかにつよい支持を得た東学党も、一種の民族独立と近代化への指向性を持っていたのです。それを日本国家がむしろ圧殺していったのですが、司馬は、それらをひっくるめて朝鮮を停滞面としてしか捉えていない。司馬の論をつきつめていくと、朝鮮の植民地化は自業自得だということになりますよ。

佐高　「獄中十九年」の徐勝さんは、私と同じ歳で、こちらはまったく恐れ入るしかなかったのですが、対談で会ったときに、ニヤッと笑って「獄中四十三年が間もなく出てきますよ」と言われて腰を抜かしました。そういう人間こそがまさに侍ですよね、反政府の侍。そういう人間が朝鮮にいるというのは司馬さんの論では説明できません。

司馬は、大阪外語の蒙古語学科を出ていますが、戦中にそういったところにいたというのは、どういう意味があったのですか。

色川　当時の蒙古語学科卒業というのは大陸浪人と似た感性があったのではないか。私の友人にも上海の同文書院とか満州建国大学に行ったのがいますが、みんな「支那には五族の民が住む」なんて大きな声で歌いながら、日章旗を万里の長城に掲げ、「満蒙に雄飛する」のが彼らの夢でした。日本民族は資源のない小さい島にいるのだから大陸に膨脹していくしかない、その先端に立とうというのが彼らの意気込みでしたね。

司馬さんがそういうものに同調していたかどうかは疑問ですが、外語の蒙古語学科がそういった雰囲気の中にあったのは、たしかだろうとおもいます。

ＮＨＫスペシャルが、かなり力を入れて『街道をゆく』をやっています。だから司馬ブームは当面続きますね。

そして、その客観的効果として何が派生するかというと、それはおそらく愛国主義だと思います。いま不景気で日本は沈没しかかっているという悲観論が多いでしょう。それに対して、この苦境を歯を食いしばってしのげ、あの〝偉大な明治〟のように。困苦に耐え、日本を愛せよ、という愛国心が期待されています。

そういうときだけに司馬は一層受けるのです。彼には現実を批判するするどい面もありましたから、それがワサビになって、いわゆる良心的な進歩派の人たちも司馬を礼賛する。国民的偉人ですよ。だから私たちがゴマメの歯ぎしりみたいなことを言ったって通じないかもしれないな（笑）。

佐高　そういうことを言っていると大岡さんに怒られますよ（笑）。ゴマメの歯ぎしりをやれ、俺だって死ぬまでやったじゃないかと……。

色川　大岡昇平は、歴史というのはそれを動かしてきたかつての人たちの情熱の余韻だ、その情熱は民衆の中から出てくる、リーダーとはその民衆の情熱をどうアレンジしたかということにかかっているのだ。それはある意味では夢みたいなものかもしれない、だが、それだけではあまりに悲しい。もっとよりよい時代をつくるために、自分はそれに希望を加えたい、と言っていましたね。こういう時代だからこそ、歴史に希望を読み取ることが求められているのです。

第五章　藤沢周平をこう読む

(1) 俳句に込められた文学と故郷の風景

療養生活に入ってから俳句をつくりだす

静かなる月夜も落葉屋根をうつ

藤沢周平が好きだった篠田悌二郎の句である。その人の好みによって、その人が鮮明に浮かびあがることがある。藤沢は『小説の周辺』（文春文庫）所収のエッセイ「『海坂』、節のことなど」で、人事よりは自然を描いた句に惹かれる、と言っている。

「月の出や印南野に苗餘るらし」で永田《なが た》耕衣《こう い》を記憶し、「枯野はも縁の下までつゞきをり」で久保田万太郎が忘れえぬ作家となるというのである。

「人間をうたい、境涯をうたってすぐれた句」があることを知らないわけではないし、村上《むらかみ》鬼城《きじょう》は好きな俳人である。しかし、鬼城をはじめ、中村草田男《なかむらくさた お》や富田木歩《とみたもっぽ》の句も、冒頭の悌二郎の句に比べると、「少なくとも私の内部では徐々に光彩を失う」という。

そして藤沢は「悌二郎の句はうつくしいばかりではない。美をとらえて自然の真相に迫る」と断言する。

耕衣を除いて、ここに出てくる俳人はすべて私も好きな俳人であり、句集はもちろん、伝記や研究書も何冊か持っている。ただ、篠田悌二郎については、水原秋桜子《みずはらしゅうおうし》門下のその句のいくつかに惹かれてはいたが、そうしたものは持っていなかった。わずかに、同門で弟子の能村登四郎の『俳句実作入門』（大泉書店）に、

虹ふた重つたなき世すぎ子より子へ

ある日子が主婦の座につく梅二月

の二句を発見する程度である。悌二郎の代表句とも言うべき前者に、能村はこんな鑑賞文を付している。

《二重虹のかかった夏の空を眺めながら愛児に対する父親としての感慨を述べた句で、「つたなき世すぎ」というのは父親としての拙《まず》い世渡りのために、子へ充分満足を与えることの

できなかったという気持を示したものです。そうこうしながらもいつか子から子へと、まるで人生はボール送りの競技のように次代に渡されていくのだ、と詠ったもので、おそらく散文ならば何行かを費やさなければならないものを、一行にも足りない文字で表現していることは、俳句作家だけがなし得ることでしょう》

たぶん、藤沢もこの句に共感したに違いない。それほど藤沢が惹かれた悌二郎の句集を読むべく本屋をさがしたが、手に入らない。それで、某日、東京は大久保にある俳句文学館を訪ねた。

そこで閲覧した句集や解説書によると、悌二郎は一八九九（明治三十二）年夏、東京に生まれ、一九八六（昭和六十一）年春、八十六歳で亡くなっている。一九三一（昭和六）年、秋桜子の主宰した『馬酔木《あしび》』の第一回馬酔木賞受賞。京北中学を出て、三越本店の貴金属係をやっていたとき、関東大震災に遭っている。

藤沢周平が俳句をつくりだすのは、結核になって療養生活に入ってからである。その病者の眼にアクセント深く映じた悌二郎の句は次のようなものではなかったか。

人今はむらさきふかく草を干す

蕗の薹《とう》山女魚も錆を落しけむ

桐の花老いなば浄くあり得なむ

一九四九（昭和二十四）年作のこの句には「秋桜子先生のお供をして、清瀬に石田波郷《いしだはきょう》君を見舞った。この時ほど、先生の高潔な人格を感じたことはない」と注釈がついている。

晩涼のいまを惜まむラジオ消す

われとても余命いくばく出でゆく蛾

茶の花や生きて近づく父の齢《とし》

「惜」「余命」「生きて近づく父の齢」といった言葉は、療養中の藤沢にとって、他人事でなく迫っただろう。

雑草に交らじと紫蘇匂ひ立つ

重き冬揺さぶる雷のとゞろけり

行末はまたこの二人二日の夜

艦の鷹まなざし遠く沖見をり

葉ざくらや月日とびゆくわれの外

夏みかん若もの夢をいだきそめ

秋晴れのこゝろはづむも朝のうち

酬ひ得ず妻よわれらに霜迫る

還暦前の句である。次の句には「斎藤茂吉先生の墓、墓域のアララギの幹の赤さが眼に沁みた」とある。

墓前なり月山雪の野に泛《うか》ぶ

ただ二羽で帰る鴨らし見送りぬ

生きものに恋の季節の遠辛夷《こぶし》

山あぢさゐ枯れても花の色容ち

七十歳前後でこうした句をつくり、喜寿から次のような句を詠んで、悌二郎は亡くなった。

でもいつか来るものはくる冬の菊

この齢に一病もなし夏迎ふ

人の世の深さを測る初冬の夜

暗さが身にしみる

では、ある種の諦念を湛えた悌二郎の句境を愛した藤沢はどんな句をつくったのか。『小説新潮』の九八年九月号に「藤沢周平特集」として、藤沢周平こと小菅留治が俳句同人誌『のびどめ』に投じた六十七句が収録されている。

私が惹かれた句を左に引くので、悌二郎の句と比較してもらいたい。

日の砂洲の獣骨白し秋の川

秋の野のこゝも露草霧ふくむ

轍《わだち》鳴る枯野の末の雲紅し

汝を帰す胸に木枯鳴りとよむ

残照の寒林そめて消えむとす

初鴉病者は帰る家持たず

雪の日の病廊昼も灯がともる

落葉無心に降るやチエホフ読む窓に

落葉松の木の芽を雨後の月照らす

故郷には母古雛を祭るらむ

桐咲くや田を売る話多き村

青蛙雷雨去りける月に鳴く

夜濯ぎの独り暮らしの歌果てず

メーデーは過ぎて貧しきもの貧し
抗わず極暑の人とならんとす

私は「桐咲くや」の句や「メーデーは」の句に共感を抱くが、こうした句は悌二郎にはないものである。「虐《しいた》げられし者」や「不遇な者」の側に立つ藤沢文学が彼らの深奥に響く秘密がそこにある。

ある編集者は、望まぬ部門に左遷されて鬱々たる日々を送っていたとき、印刷所の一室で、深呼吸をするように、藤沢の短編集を読んだという。たとえば、『驟《はし》り雨』（新潮文庫）などだろう。

私は、かつては池波（正太郎）派だった。その軽妙さに酔っていたのだが、いまは藤沢の暗さが身にしみる。

とくに『又蔵の火』（文春文庫）の中の「帰郷」という一篇には泣かされた。

『又蔵の火』は「あとがき」によれば、「郷里の旧友後藤永士氏の父君、故原寅一先生の労作に負うところが大きかった」という。原寅一といっても、郷里以外で知っている人は少ないだろう。

私はいまから二十五年も前に、『鶴岡百年の人物』という本の刊行に携ったことがあるが、その折り、原寅一の項を担当し、鶴岡市の朝暘第一小学校長を務めた原についての、次のような記述に感心した。

「原寅一は、一見茫洋として捉え難い風貌の中に鋭い知性と烈烈たる高邁の志を秘めていた。粗衣辺幅を飾らず、ナタ豆キセルで黙黙と火鉢のフチを叩いていた原校長の面影は、『第二』の学窓に学んだ当時の少年たちに無言の教訓を垂れていたし、寡言、寛容、しかも硬骨の人として、こんにちに至るも『原ハン』の人徳を追慕する人は無数である」

藤沢周平こと小菅留治にとっても、こうした道はあり得た。もし結核にならず、教師をやめなかったら、「小菅ハン」と呼ばれる名校長に藤沢もなっていたかもしれないのである。

「寡言、寛容、しかも硬骨の人」という形容も、そのまま藤沢に当てはまる。

寅《とら》といえば、東京の練馬にも「寅さん」という愛称をもつ人がいた。元社会党代議士の高沢寅男である。選挙の際に藤沢はこの高沢の推薦人となっていた。

高沢にその経緯を尋ねると、藤沢と同じ鶴岡出身の元社会党代議士、上野建一に紹介されたのだという。

共に練馬に住んでいたとはいえ、あまり政治には関わらなかったと思われる藤沢が、旧社会党の、それも最左派の高沢の推薦人になったのはなぜなのか。

それは年齢もほぼ同じ高沢の、ある種の誠実さに共感したからだろう。

「カンパもしてくれましたよ。それに奥さんの旧姓が高澤だったらしいんですね」

そう語った高沢の、藤沢作品でのおすすめは『三屋清左衛門残日録』（文春文庫）。これは同じ昭和二年生まれの城山三郎の『毎日が日曜日』（新潮文庫）にヒントを得ている。

鶴岡では死後まもなく回顧展が開かれ、藤沢が友人に書いた自作の句「友もわれも五十路に出羽の稲みのる」の色紙が飾られていた。

『オール讀物』一九九三年八月号の城山との対談で、藤沢はこう言っている。

《自民党が、社会党に政権を渡したら大変なことになると盛んに言ってましたが、自民党のそういう考え方は怖いですね。本当はおれがいないと会社がつぶれると思っている管理職と同じで、その人がやめれば、代りがなんとかするんですけれどもね。しかし、いまの社会党にはその力はないでしょう。支持率がかなり落ちていると思いますよ。私もそうですが、一般的に言って理論政党、批判政党としての社会党はもういらないと思っている人は多いのじゃないでしょうか。いやしくも政党を名乗るなら自民党にかわって政権の座につく気概と政策を持ってもらいたいですね》

文学賞の選考などで同席することはあっても、城山と藤沢が対談するのは、これが最初だった。城山によれば、それは五時間にも及び、そして最後となった。

藤沢の長女、遠藤展子の「父との思い出」（『藤沢周平のすべて』所収）を読んで、ちょっと意外に感じたのは、藤沢の「洋楽好き」である。邦楽でも演歌ではなく、松任谷由実や徳永英明のCDを聞いていた。

「この人の曲を聞くと少年時代に戻った気がするんだよ」

高校生だった娘にこう言いながら、藤沢は徳永の曲を聞いていたのである。

郷里はつらい土地でもある

時代小説を書く作家は、底に痛烈な現代への批判精神を秘めている。しかし、司馬遼太郎のそれと藤沢のそれは決定的に違っていた。

「江戸城は誰がつくったか」という問いかけがある。太田道灌と答えると正解で、大工と左官がつくったというと笑われるが、たぶん、藤沢は笑わないだろう。大工と左官の立場に身を置いて書かれたのが藤沢の小説だった。

その藤沢のエッセイ集『周平独言』（中公文庫）について書けという注文が、私の郷里の酒田のタウン誌『スプーン』から舞い込んだ。それに応《こた》えて一九九八年十月号に寄せたのが次の一文である。

《九月末に発行された『歴史読本』の増刊「藤沢周平特集号」で作家の宮部みゆきと対談し

た。『蟬しぐれ』と『市塵』を中心に「藤沢周平の世界」を語ったのだが、冒頭、私は次のように告白した。

「藤沢さんが鶴岡、私が酒田の生まれで郷里が近いということと、それから藤沢さんは、学校の先生をして業界紙、私も教師から経済雑誌というふうに、両方とも、いわば『苦界』に身を沈めたわけです。つまり、それまで、聖職といわれるような、泥とかそういうものとは余り縁のない世界で生きて来たのが、想像がつかないような世界に入って、そしてその後、物書きになったということで、こっちは勝手に藤沢さんにものすごく親近感を感じていたんです。

ただ、藤沢さんと私とは、違うところもあって、藤沢さんは、身を沈めた、その苦界を結構楽しんでいたけれども、私なんかは本当に毎日やめたいと思ってた。それでいて十年勤めちゃったんですが……」

藤沢は業界紙時代のことを『周平独言』の「一杯のコーヒー」というエッセイに次のように書いている。

「病気がなおると、私は小さな業界新聞に勤めた。社長以下七人ぐらいで、広告が多いときは週二回、少ないときは月三回、四頁建ての新聞を発行している会社だった。私の姉は、業界紙といえばすべて赤新聞と思うらしく、私がそこに勤めたのを心配して手紙をよこしたが、私は仕事が面白くて仕方なかった。せっせと取材して回り、十五字詰の原稿用紙に記事を書いた」

私が入ったのも、ほぼ同じ規模の経済雑誌で、私の場合は、父が心配して手紙をよこした。ほとんどが広告で成り立っている雑誌で、広告取り専門の営業部員がいた。その広告取りたちを藤沢は次のように描いている。

「彼らはときに押し売り扱いされても耐え、三千円の広告のために、スポンサーの家族にまでお世辞をふりまき、取引きの秘密を嗅ぎつければ、そのことをほのめかして広告に結びつけ、手練手管の限りをつくして広告を取ってくる。そうして彼らは妻子を養っているのだった」

　現実とはそういう汚泥めいたものを含む。それとはまったく無縁な「聖職者」から、一八〇度転換して、いや、降下して、現実のドロドロとしたたかにつきあう仕事に就いて、藤沢も私も、否応なく現実というものを知らされたのである。

「私がはりきって仕事に精出したのは、ひとつは足かけ五年も病人暮らしが続いて、休むことに倦きあきしていたからだと思う。働いて報酬をもらい、その金で暮らすという、普通の人にはあたりまえのことが、私にはこの上なく新鮮に思われたのであった」

　藤沢はこう述懐しているが、藤沢と私のその時代の受けとめ方の違いを、私は前記の対談で次のように語った。

「藤沢さんのほうが、最初から重心が低かったんだろうなという感じはしますね。いろんなところにいろんな人が生きてるんだなあというのを見るのが楽しいというか、そういう好奇心が強かった。教師の世界というのは非常に狭いけれども、苦界に身を沈めて逆にその狭いところから開かれたと思います」

『周平独言』には、また、故郷についての記述も多い。とくに私は「初冬の鶴岡」の次の箇所は、何度読んでも涙ぐむ思いにさせられる。まったく同感同苦だからである。

「いつもそうだが、郷里では私はふだんより心が傷みやすくなっている。人にやさしくし、喜びをあたえた記憶はなく、若さにまかせて、人を傷つけた記憶が、身をよじるような悔恨をともなって甦るからであろう。

郷里はつらい土地でもある」

私は宮部に、冬の日本海を知らなければ藤沢文学はわからない、などとも言った》

藤沢は『周平独言』所収の「初冬の鶴岡」で冬の日本海ならぬ冬の庄内をこう書いている。

《私は郷里の初冬の風景が好きなのである。暗鬱な雲が垂れこめ、空は時どきそこから霙《みぞれ》やあられを降らせる。そして裂けるとしか言いようがない雲の隙間から、ほんの僅かの間日が射し、黒い野や灰色の海を照らし出す。そういう日々の反覆のあとに、ある夜静かに休みなく雪が降りつづけ、朝になると世界が白くなっているのである。

初冬に至って、私が生まれ育った土地は、他の土地と紛れるところのない、まさにその土地であるしかない相貌をあらわすのである。私がこの季節を好むのは、多分そのためである》

(2) 苦界《くがい》に身を沈めた経験――宮部《みやべ》みゆき対談

市井の働く人を書く

藤沢周平は浮いた言葉、気取った言葉を使わなかった。宮部みゆきさんも同じく、浮薄《ふはく》な言葉を使わない。手織り木綿のように、たしかな言葉で小説を紡《つむ》ぐという点で、二人は共通している。しみじみとした藤沢文学の世界を宮部さんとしみじみ語り合って、私は楽しかった。

佐高　藤沢さんが鶴岡、私が酒田の生まれで郷里が近いということと、それから藤沢さんは、学校の先生をして業界紙、私も教師から経済雑誌というふうに、両方とも、いわば「苦界」に身を沈めたわけです。つまり、それまで、聖職といわれるような、泥とかそういうものとは余り縁のない世界で生きて来たのが、想像がつかないような世界に入って、そしてその後、物書きになったということで、こっちは勝手に藤沢さんにものすごく親近感を感じていたんです。

ただ、藤沢さんと私とは、違うところもあって、藤沢さんは、身を沈めた、その苦界を結構楽しんでいたけれども、私なんかは本当に毎日やめたいと思ってた。それでいて十年勤めちゃったんですが……。

宮部　あははは。

佐高　だから、藤沢さんのほうが、最初から重心が低かったんだろうなという感じはしますね。いろんなところにいろんな人が生きてるんだなあというのを見るのが楽しいというか、そういう好奇心が強かった。教師の世界というのは非常に狭いけれども、苦界に身を沈めて逆にその狭いところから開かれたと思います。

それから、郷里ということでは、藤沢周平をわかるためには冬の日本海がわからないとだめだなんて、勝手なことを私は言ってるんですよ。そう言うと、冬の日本海を知らない人に反発を受けるかもしれないけれども、特に藤沢さんの初期のものなんて、とてつもなく暗いでしょ？

宮部　そうですねえ。

佐高　あそこには、もう本当にひきずり込まれるような暗さ、なんにも光の見えないような暗さの日本海というのがあるのかなと。

宮部　鶴岡と酒田とは、土地柄というか気候は、そんなに変わらないんですか。酒田のほうが海寄りで、鶴岡はちょっと入ってますよね。

佐高　一応わかりやすい対比でいうと、酒田が大阪で、鶴岡が京都みたいなことで、鶴岡というのはいわゆる城下町なんですね。だから、鶴岡には、学問を尊ぶという気風があり、結構、偉そうにしてるところがある。丸谷才一さんとか渡部昇一さんとかね。ただ、藤沢さんはちょっと違って、農家の出ですよね。

宮部　ええ。

佐高　一方、酒田というのは、港町で、商人町ですから、学問なんか要らねえんだというなかで、小倉金之助とか土門拳とかが育ってくるという感じの違いがある。

その意味では、藤沢さんは、鶴岡生まれだけれども、酒田的なところも十分持ってるという感じはしますよね。

宮部　おととしになるのかな、鶴岡へ一度伺ったときに、市役所の方に、あのあたりが藤沢先生がお生まれになったところですねって、教えていただいたんですね。市の、中心からはずれた、もう本当に山並みが連なって、雑木林があって。ああ、やっぱりそうかと、勝手に思ったんです。

もちろん、城下町なんですけれども、町中のそういうところではなく、土にまみれて働く者の場所からおいでになったんだなあ、あそこがやっぱり藤沢先生の生まれたところかなと思いましたね。

佐高　なるほどね。つまり、虚業――侍というのはある意味で虚業ですよね。そういうのではないところのね。

宮部　ええ。私は、藤沢作品の中には必ず働く人間が出てくるっていうのが、すごく好きなんです。市井物はもちろんそうですし、武家物、海坂藩のものでも、遊んでいる人間はあまり出てきませんよね。

武家物の場合の権力闘争もそうなんですけれども、何かしなきゃならないとか、何かするため――やっぱり働くためにその藩にいて、その仕事はこうでという、役割分担がはっきりしている人間がたくさん出てくるので、こちらが感情移入がしやすいというのが私なんかはすごくあるんです。

私は、ずっと東京の下町の人間で、働く人間ばっかりしかいない町に生まれ育って、今でもそこにいますので、特に藤沢作品の市井物に出てくる、近所のおじちゃん、おばちゃんとか、夫婦げんかしている夫婦なんてのは、今でも近所にいるっていう感じがすごくするんです。そこからぱっと入れたというのが大きかったと思うんですね。

ですから、そのイメージを持って鶴岡にお邪魔したものですから、「ああ、そうか。あそこなんだなあ」と、何か感慨ひとしおっていう感じがしましたね。

佐高　今、宮部さんが言われたことは大事なことなんでしょうね。つまり、文学というのは、漱石の高等遊民みたいな、ある意味で余裕のある人が語ったり、書いたりするものだというのが一つありましたけど、それをひっくり返したというところはあるんでしょうね。

宮部　ええ。藤沢先生は昭和二年生まれですね。ですから、戦前も戦中も戦後も、もちろんずっと知ってて、働き詰めに働いた世代だと思うんですよ。もちろん高等遊民でないと文学が生み出せなかった時代というのも絶対あって、それはそれで一つ土台であり引き役であり大切なものなんですけれども、そうでないものを初めて生み出した世代なんじゃないのかなって考えますね。

"聖職者"から"苦界"への落差

佐高　昭和二年生まれでは、私の好きな作家が三人いて、城山三郎さんと吉村昭さんと、藤沢さんなんですね。城山さんにその話をすると、結城昌治もそうだとか言うんですけども、特に城山さんの場合は、まさに皇国少年で、大日本帝国を信じて十七とかで軍隊に行って、虚偽というのを見るわけです。

　城山さんはたしか前歯がないんです。

宮部　え？

佐高　つまり、志願して入った。もう戦争も末期ですから、ろくな銃でないと思うんですが、その銃は、天子様から賜ったものだ、これはおまえたちの体より大事なんだという話で、けつまずいて何かにぶつかりそうになったとき、銃が大事だから、顔で岩か何かにぶつかっちゃうんですね。

宮部　ああ、銃を守ってね。

佐高　そうそう。だから、前歯がばっとそのときに折れて、ないんですよ。そういうことをやっても、おまえが悪いみたいな感じでしかあしらわれなかった。一方で、将校たちはうまいものを食ってた。そういう大日本帝国というふうなものの虚偽を、十七というういちばん熱いときに、焼け火ばしを当てられたように見るわけですね。

それはやっぱり、結城昌治さんなり、藤沢さんにも通ずるもんだと思うんです。だから、号令をかける者に対する不信感とか反発とかは、城山さんと藤沢さんには共通してあるんですね。藤沢周平は、「信長ぎらい」というのを書いてますよね。

宮部　はい。あれは私も驚きました。

佐高　信長なんてのは時代小説の……。

宮部　格好の素材ですからね。

佐高　これを握ってれば食いっぱぐれないみたいな……。それを最初から閉ざす。ともかく、人をあれだけ殺した人は好きになれないというんですね。

それから、藤沢周平という人は、表面の穏やかさとは違って、大変に芯の強い人ですよね。

宮部　そうですね。苛烈なところを心の中にお持ちだったんだと思います。
佐高　それでオオカミが大好きだっていうね。
宮部　はい。その辺も、市井物の作品だけを読んでたら絶対うかがい知ることのできない、内側の部分だと思うんです。
佐高　そうですね。オオカミみたいに、何かを持ってる人が、男女を問わず好きですよね。いつか私が感心して吉永みち子さんに、藤沢周平はオオカミが好きで、オオカミを動物園に見にいくと言ったら、女の人は怖いなあと思ったけれども、「え？　動物園のおりの中のオオカミって、オオカミじゃないんじゃないの？」って言われた。
宮部　あははは。
佐高　ふむ、そういうことを言うのか、これは藤沢さんに聞かせたかったなあって。
宮部　でも、想像で補える部分もありますから。それから、犬でもないし野犬でもライオンでもない、獅子でもない、トラでもない、オオカミだっていうところが、いかにもっていう感じがしますね。
佐高　人から、そう褒められない……。
宮部　孤独な存在ですからね。獅子やトラなら、獅子やトラだというだけで、あがめてくれる人がいますけれどもね。
佐高　やっぱり、すさまじい鬱屈を抱えてきてましたでしょ？　教師というのは、何か半分は軽んじられるかもしれないけれども、大体は……。

宮部　恩師っていう……。

佐高「先生様」みたいな話でしょ？　これが一転するわけだから、落差が大きいんですよ、苦界とは。もう聖と俗との、両極端みたいな、この落差が、藤沢周平の抱える鬱屈にものすごく大きく影響してると思う。

宮部　そうですねえ。

佐高　藤沢さんが赤新聞に入ったというんで、お姉さんが心配したっていいますよね。私の場合も、おやじが、赤雑誌に入ったみたいな感じでしたけど、やっぱり大きい落差があるんですよね。

宮部　佐高さんご自身も、転職した当時は、ショックを受けられましたか？

佐高　そう。教師というのは、一応、なきゃならない職業みたいに言われてるわけでしょ？こっちはなくてもいい職業なんですから。なくてもいいっていうか、余計者として生きてるみたいな話でしょ？

宮部　これはあくまでも私個人のことなんですけど、小説家って、特に私のようなエンターテインメントを書いているような者は、世の中の上澄みをいただいて生きているので、なくてもいいものなんですよと思うことがあるんですけど、その感覚と、もしかするとちょっと似てるかもしれませんね。

佐高　ただ、エンターテインメント――たとえば落語家は、楽しませるというのがあるでしょ？

宮部　ええ。

佐高　経済誌とか業界紙とかは、蛇蝎《だかつ》のごとく嫌われるという側面もあるわけですよ。

宮部　それは取材される側からですね。

佐高　そうそう。あってなきが――むしろあっては困るみたいな、そういう側面もあって、その鬱屈というのを、藤沢さんは書いてたのかなあという感じがしないでもない。それは、いろんな制約があるところで書かざるをえない。なんにも制約がないところで書いてきたのではない。

制約というのは、ある意味では世の中ということでしょ？

宮部　そうですね。

佐高　その制約を知るというのは、世の中をつかむということでもあるんだと思うんですね。

宮部　それは頭ではなくて、体験することによって？

佐高　そうそう。世の中にどういうベクトルが働いて動いているのかっていうことを知る。

宮部　はい。

佐高　だから、いろんな鬱屈というか制約というか束縛、それを知ったほうがいいんじゃないかなあという感じがしますが、藤沢さんは、それを嫌というほど知ったんだろうと思うんです。

宮部　そうですねえ。ちょっと話が飛んじゃうんですけども、今、わりと悩みがちの十代ぐらいの若い人にいちばん足りないのが多分、知識や情報じゃなくて、そういう、働いたりする、体験じゃないかと思うんですね。たとえば、下げたくない頭も下げなきゃなんなかったり、自分ではやりたくないことでも、仕事のためならやらなきゃしょうがないとかいうことがあるわけです。そういう、やらなきゃなんないことをやって初めて、世の中ってこういう力関係が働いてたりするんだなあということがわかって……。

佐高　そうそう。

宮部　まあ、こういうもんだなと思うのがないから、不必要なほど深く純粋に悩む人が多いんじゃないかなあと、ここのところ、思うんですね。

業界紙記者時代に書いた伝記

佐高　宮部さんなんかのところにも、物を書きたいという子が来るでしょ？

宮部　ええ、たまに手紙をもらったりしますね。

佐高　しかし、物を書くというのは、世の中を書くことですからね。

宮部　私のところにくれる手紙で若い方にいちばん多いのは、物書きになって自己実現をしたいということなんですよね。私、好き勝手なことばっかりしてきて、「自己実現」なんていう言葉についてまじめに考えたこと、この年までなかったんで、何をこんなに四角四面に悩んじゃうのかなあと思うけれども、それは、やっぱり、「生活する」ということと本当に汗かいてかかわってないからかなあって。

佐高　そうそう。だから、非常に象徴的に乱暴にいえば、藤沢さんも、教師時代には「自己実現」という言葉を使ってたと思う。

宮部　そうですね。今の延長線上でいくと、そうなりますよね。

佐高　ところが、業界紙に入ったとき、その言葉は捨てたんだと思うんです。そんな、「自己実現」なんてことで書いたら、けとばされますよ、商売にならないって。

宮部　ごみ箱が飛んできちゃいますよね。

佐高　そうそう。そのときには当然、「自己実現」という言葉でない言葉で書かなきゃならない。

宮部　そうですね。

佐高　で、これは私は決して藤沢さんをおとしめることにはならないと思うんですけれども、藤沢さんは、『日本加工食品新聞』にいたので、当時の日本ハムの社長、大社義規《おおこそよしのり》の伝記を書いているんですよ。

宮部　へえー。

佐高　つまり、業界紙の記者出身者として、大社という日本ハムの社長をよく知ってたわけですね。で、私はそれをとても読みたい。

宮部　どんなふうに書かれているんでしょう。本名でお書きなんですか。

佐高　その辺もわからないんですけど、ある編集者がそれを持っているんだね。

宮部　うわー。それは読んでみたいですねえ。

佐高　それがその後、なかなか出てこない。藤沢さんからか大社さんのほうからか――どっちかから、ちょっと待ったがかかったのかな。藤沢さんが持ってるのを、親しい編集者に預けたんですよね。だけど、これが活字にならないんですよ。私はぜひ活字にするべきだと言ってるんですけどもね。

宮部　してほしいですねえ。

佐高　たとえば椎名誠もそうだよね。

宮部　そうですね。流通専門誌の『ストアーズレポート』にずっとおられましたよね。

佐高　そうそう。それで、『クレジットカードの実務知識』を書いているんだよね。それを文庫にしろと言ったら、うわーなんて言ってたけど……。

宮部　ははははは。

佐高　私、その本を持っているんですよ。

宮部　貴重ですね、それは。

佐高　だから、藤沢周平ファンにとっては、大社義規の伝記はこたえられない本だと思うんですけども……。

宮部　読みたいですね。

佐高　それが活字になっていない。

宮部　もったいないなあ。

佐高　それと、業界紙の『日本加工食品新聞』にいたときに『朝日新聞』の「天声人語」にあたる「甘味辛味」を書いていたでしょ？

宮部　ええ。

佐高　あれも私はぜひ一冊にすべきだと言ってるんですけど……。

宮部　まとめてほしいですね。

佐高　もちろん、生前は、嫌だと言ってたでしょうし、難しい問題があるのか、なかなかならないんですが、ああいうものは、今の「自己実現」という観念の言葉からはいちばん遠いところにある……。

宮部　そうですね。

佐高　若い人が、宮部さんのところに来て、うざったいというか、うっとうしかったら、「まず、藤沢さんのこれを読みなさい」と。それでも、なおかつ物書きになりたかったら、改めて来いと。

宮部　ニュースなんかでも見ますけど、今の若い人には、働かない人がふえていますよね。就職難で仕事がないというのではなくて、それは政治の責任ですから、そうじゃなくて、最初から働かない人ですね。で、ずうっと親がかりでうちにいる。ご両親が経済的に豊かだからそれで済んじゃってて、自分探しをしてるんだと。「自分探し」というのも多いんですよ。「自己実現」、「自分探し」――ただバクゼンとそんなことをするんだったら、本を読むほうがずっといい。

佐高　そうそう。

宮部　あと、やっぱり、お父さん、お母さんが働く姿をあんまり子供に見せてないのかなあという気がしちゃうんですね。だからこそ、つねに働く人間、働く生活者が出てくる藤沢先生の本は、これから特に若い人にはどんどん読んでもらいたいと思うんですよね。

佐高　なるほどね。

世の中の理不尽への憤り

宮部　働いて、生活しながら、あるコミュニティーの中とか、ある組織の中で成長していく。例えば、『蟬しぐれ』なんかは、武家社会、一つの藩の中でこの家に生まれてお父さんがこういう役職についていたら自分はこのくらいかなというのがある程度わかっていて、その藩を動かしていくために自分はその駒《こま》として動いていくにしても、そのなかで成長していくみたいな生き方というのが確かにあって、それは決して意味のないものではなくて大切なものなんだということを、教えてくれる。

今、ある程度の年齢以上の人が藤沢作品のファンだけれども、特にこれから若い人に、学ぶことがたくさんあるので読んでほしいなと思うんですね。

佐高　つまり、恵まれていることの不幸せというのが、わかってないいんですよね。

宮部　そうですねえ。すごくかわいそうだなと思いますね。

佐高　そういう人が宮部さんのところに、自己実現したいんだと言ってきたら、そんなのだめだから、どっかで勝手に生きろと。たとえば『蟬しぐれ』でも、十幾つのときに、父親の死ということがあり、その父親を一人で荷車に乗せて、遺体を抱えてくるわけでしょ？　その気持ちというのが……。

宮部　すごい経験ですよね。お父さんを亡くしてそんな鮮烈な経験をする人は少ないんですけれども、そのときの、たとえば親しい者を亡くしたり、多感な時期に初めて死という現実にぶつかったりしたときの心の動きは、やっぱり万人共通ですよね。そういう他人事でないことを小説の中で味わえる。これが藤沢作品をすごく好きなゆえんだなあと思うんです。

小説というのは、自分が全然知らない世界のことを書いてくれたり、勉強させてくれるという楽しみがありますよね。

一方で、他人事ではないことを経験できたり、それからすごく年若いときに読めば、これから自分の人生で間違いなく起こってくるに違いないことも経験できる。

これは何かの解説にも書いたんですけれども、たとえば女の子だったら、身持ちの悪い男をどうしようもなくて愛してしまったというふうなことは、藤沢先生の作品にもいっぱい出てきます。すごく普遍的なことなんですよね。それを知らないで自分の人生でそういう局面に直面するのと、いくつか小説で読んで、「ああ、大人にはこういうことがあるんだ。人を好きになるって、こういうことなんだなあ」と思っていて、やくざ者を好きになっちゃうのとでは、やっぱり少しは違うと思うんですよ。

佐高　そうそう。

宮部　それは別にテキストだと思って読んでなくても違うと思うんですよ。

佐高　それは、知ってても必ずはまる穴だけどもね。

宮部　ええ。読んでたからって、予見してよけられるってものじゃないんですよね。それでも、たとえば藤沢さんの『浮き草の女』という短編にあるんですけれども、若いときに、人妻で子供もいるんですけど、身持ちが悪い男とくっついちゃって、子供と亭主を捨てて逃げちゃうんですよ。彼女が何十年かして帰ってくる話なんですけど、それなんかを読んでれば、はまっちゃっても、やっぱり何か違うと思うんですよね。これは自分ひとりの身の上に起こっていることじゃないんだって、人間にはこういうことをしちゃう部分があるんだって、それを知っているだけで。

佐高　そうですね。藤沢さんは教師時代は賭け事なんて、やらなかった。苦界に身を沈めて、病院に入るでしょ？

宮部　はい。

佐高　そこで、いろんなことを覚え、豁然《かつぜん》と開けたんだと思うんですね。

宮部　世の中というのは、こういうものだったんだって。

佐高　たしか、『蟬しぐれ』の中にも、「理不尽な憤り」という言葉が出てきますけど、憤りって、ある意味で理不尽ですよ。理由がある憤りなんてのは、たいした憤りじゃない。

宮部　納得がいかないから、みんな憤るわけなんであってね。

佐高　割り切れないからね。

宮部　なんでこんなことが起こるんだって。

佐高　そう。その理不尽が世の中を動かしてるみたいなことに気づくんだと思うんですね。

宮部　そうですね。ほんとに今の世の中で、特に若い人や子供たちが教えられていないのは、結局世の中は理不尽が動かしているんだよってことだと思うんです。だからこそ、そのなかで、どれだけ自分の思いをとげて生きてゆくかが課題になるんだと思うんです。それには、ときにはずるくなる必要もあるし、周りの人の助けも必要だし、工夫もいる。でもそれを教わらない。だから、逆に、学校では頭がよくて優秀な人ほど理不尽に直面できなくて、神秘主義みたいな方向へ行っちゃったりするんだと思うんですね。

佐高　理不尽に鍛えられていない。

宮部　オウムの一連の事件に関わった人たちがいい例だと思うんですが——世の中というのは最初にまず理不尽なのよってことがわかっていれば、あんなに社会に迷惑をかけずに、犠牲者を出さずに済んだって思うんです。

佐高　そのオウムの理不尽さのなかで非常に巧妙だと思うのは、階段を上がるわけでしょ？

宮部　そうですね。

佐高　階段を上がらせる。これはやっぱり、優等生社会を……。

宮部　うまく映してますね。

佐高　そうすると、そこにひっかかっていくわけですね。それで、張本人は何をしているかというと、うまいものを食ったりしてるわけだけど、崇め奉るみたいなことになってて、逆にその理不尽さが見えない。

それこそ、この世の中には小型麻原みたいなのがたくさんいるわけで、藤沢さんの世界を見てくれれば、その免疫ができて、見抜けるはずですよね。

宮部　人間の本性の中には、そういう欲ばりだったり自己中心的だったり汚なかったりする部分がどうしようもなくあるんだと。

佐高　そうそう。

宮部　たとえば、説かれている教えがすごく尊くても、人間の本性の中にはそういうものがあるんだということがちょっとでもわかっていれば、やっぱり一〇〇パーセント自分を捨てて、尊い教えだから人を殺してもいいんだというふうには、私はなれないと思うんですね。

佐高　そう。整然とした教えであるからおかしいっていうか、整然と間違ってるってことがあるわけですね。

宮部　そうですよね。

佐高　たとえば『蟬しぐれ』で、おふくを一見、勝ち気というか、大胆な人だと書いてある。それもやっぱり、説かれていることに簡単に落ちないということですよね。

宮部　そうですね。

佐高　何か、消せない自分みたいなものを持ってて……。

宮部　そうじゃないと、冒険できませんものね。

佐高　そう。おふくは最後まで冒険してますからね。

宮部　最初読んだときは、ちょっとびっくりしちゃいました。

佐高　そうそう。おれも文四郎になりたいなという感じになりますよね。

宮部　あはははは。奔放な女性ですからねえ。

佐高　そこら辺が見事だなあって。

それと、藤沢さんが農家に育ったっていうのが、結構大きいような感じがするんですね。農家っていうのは、封建的なように見えて、亭主と女房というのは平等なんですよね。

宮部　つまり、労働力として非常に貴重なものですからね。

佐高　そう。まったく、対等なわけですよ。そこで、女の人を非常にたくましく描くんだと思うんです。

宮部　働き者……。

佐高　さっき宮部さんが言われた、どうしようもない、身持ちの悪い男にほれていくというのも、自分に甲斐性があるからでしょ?

宮部　そうですね。だれか私を引き受けてっていう女だったら、身持ちの悪い男にはほれられませんものね。

佐高　そう。何か甲斐性があるんですね。そこが女の人のファンも多い……。

宮部　要因ですね。日本人が漠然と心に抱いてきた。美しい日本人の、働き者とか、不器用だけど誠実な男とか女が藤沢先生の本を読むといっぱい出てくるんですよ。それは、ただ美化された像じゃなくて、同時にすごく情けない部分を持ってたりする。それが心に響くんだと思うんですね。

佐高　なるほどね。

宮部　そういう小説って、これからますます書かれていかなければいけないと思うんです。

ですから、先生が亡くなられたときには、すごくがっかりしましたね。

佐高　そうですね。山本周五郎という人は、藤沢さんより、もうちょっと重い……。

宮部　もうちょっと何か、先生くさいんですよ。

佐高　そうそう。

宮部　先生くさいって言うと、変なんですけどね、「ははー」って感じがする。

佐高　苦界に身を沈めてない。

宮部　そうなんです。もちろん、感動するし、すごいと思うんです。私なんか、いっぱい人生のプレビューをしてもらったし、十代のときに読んで、今三十七になって読んで、あれはこういう話だったんだなって、改めてわかるような話も非常にいっぱいあるんです。でも、やっぱり、ちょっと教壇の上から見おろされている感じがするんですね。

佐高　そうでしょうね。

宮部　「承ります」みたいな感じ。

佐高　たしか『周平独言』で、藤沢さんは、向こうの言葉で「カタムチョ」だと。

宮部　あ、片意地ですね。

佐高　片依怙地みたいなことを書かれてましたけど、依怙地という点では、山本周五郎のほうがすごいですよね。藤沢さんは、まだ解放されているというか、開かれているところがありますね。

宮部　それはやっぱり、一回、苦界に身を沈めてということなんですね。
佐高　苦界。
宮部　名言だと思いますよ。
佐高　いやいやいや（笑）。

それぞれの人生を肯定

佐高　私は、『蟬しぐれ』というのは、たしかに大変な小説で、題名からして見事だと思いますね。ふだん忘れてて、はっと思ったときに聞こえてくる音ですよね、セミしぐれって。
宮部　そうなんです。意識したときに初めて聞こえる。
佐高　その辺からしてすごいと思うんだけど、私は、個人的には『風の果て』というのがよかったなあ。
宮部　先生が亡くなられたときの追悼の鼎談で、杉本章子さんと皆川博子さんと三人でお話をしたとき、私は『風の果て』を読んでなかったんですけど、お二人がともかく熱心に『風の果て』とおっしゃってたんで、その後で読んだんですが、私も大好きです。
佐高　読んでないということでいえば、私も、近親憎悪とは言わないな――近親遠慮みたいな感じで、昔は藤沢さんのものはあんまり読まなかったんです。

それで、亡くなられてから、「これは、しまった」と思って、読み始めたんです。だから、『涙い海』とか初期のものは読んでたんですけども、そのほかのものは、亡くなられてから読んだんですね。

宮部　私はそのときの鼎談で、『風の果て』を教えていただいて、それから、海坂藩物に代表される武家物と市井物、それからサスペンス小説——『闇の穴』みたいなものもお書きになっていますが、もう一方で、かなり怪談物をお書きになってるってことも教えていただいて、何冊か読んだんですけども、怪談の名手でもあったんだなあって……。

男女の愛憎っていうか、人間の持っている根源的な、愛さずにはいられないけれども、それが一つの恐怖を呼ぶみたいな——もちろん肉欲も絡むし、相手に対する支配欲も絡むんだけれども、そういう怪談を結構お書きになってらっしゃるんですね。『夜が軋む』とか。それを発見して、ああ、まだ随分読んでなかった作品——知らなかった藤沢先生の顔があるんだなって。それなんかも、一回、苦界に身を沈められたときの産物なのかなあ。

佐高　なるほどね。皇国少年と教師ということで、私なんかよりもっとすごい高みに上がってて、それとの落差が大きかったんでしょうね。

宮部　がーんと。

佐高　そうそう。

宮部　『風の果て』は、言ってみれば、権力闘争の小説ですよね。友人がああいうふうになっていってしまいますから。だけど、決して否定しませんよね。そういうことのなかに身を投じる人間というのを。やっぱり、人間にはそういう部分があるんだっていうか、それも人間の姿なんだという肯定があるからだと思うんです。

だからといって、それを丸々肯定して「正しいんだ、それも」じゃなくて、それをいろんなベクトルから、主人公はこうだけれども、親友はこうだとか、生きていくからには、こういうことはあるんだよというふうに書いてある小説なんだなと思ったんですね。

佐高　そう。『蟬しぐれ』もそうですけど、たしか『風の果て』は同期の友達が……。

宮部　別れ別れになっていくんですね。

佐高　だけど、今、宮部さんが言われたように、それぞれの道、それぞれの人生に対する肯定がある。

これは藤沢さんもそうだったと思うんですけども、教師から、まさに崇められない、むしろつまはじきされるような職業に移る。そして、藤沢さんは最初の奥さんを亡くすという経験をしますし、一方、私なんかは、教師で、半分駆け落ちみたいなこともしますから、これが二重になっていくんだけども、要するに、石もて追わるるごとくになるわけですよ。そのときに、友達とか先生の地図が変わるんですね。

つまり、今までそんなに親しくなかった人が親しくなって、今まで親しいと思ってた人には裏切られて、石投げる側に回られたりする。それは、こっちが裏切られることをやってるんだからしょうがないんだけれども、その地図が一変するんですよ。
けれど、藤沢さんはそういうとき、絶対、石投げる側で小説を書いてないでしょ？

宮部　そうですね。

佐高　文四郎が藩の厄介者と言われながらもね。そこにはまさに、藤沢さんが実際に言われたか、言っているなと思った視線が重なっているんだろうと。

宮部　重なってるんですねえ。

それで大きな病気をしたときっていうのは、もちろん本人はすごくつらいし、どうして自分だけこんなつらい思いをするんだろうと思うし、死の恐怖もある。面倒を見てくれる家族とかのありがたみも感じるけれども、長くなればそれだけ周りに負担をかけていることもわかる。自分は働いて社会に貢献することもできない。自分が悪いわけじゃないんだけど、病気をしてしまったということだけで、世の中の厄介者になったような気持ちって、すると思うんです。それなんかも藤沢先生は作品の中で突き放さない。

厄介者が心に抱いている、申しわけないっていう気持ちを一抹すくい取る。それは大病された体験がやっぱりすごく実感となって残っているからだろうなあって思うんです。

佐高　それと、ある編集者がこう言ったんです。要するに左遷されてね――左遷と自分が思ったわけですが、そのときに藤沢さんの短編を一編一編泣くような思いで読んだと。なるほどなあと思いました。それからもう一つ、違った例で言うと、巻頭の文章に書いたかもしれませんけれども、あの第一勧銀シンガポール支店の、事件を起こして解雇された人が、司馬遼太郎が読めなくなったと。

宮部　ええ。私、佐高さんの司馬さんと藤沢さんの対比にはどきっとしましたね。

佐高　彼がむさぼるように読んだのは、山本周五郎だったかもしれませんが、それは藤沢さんに置きかえられるだろうと、私は思ったんです。司馬遼太郎は読めなくなると。

宮部　心がそっちに向かなくなってしまうんですね。共鳴しなくなる。

佐高　これは私の友ではないというふうになっていくんでしょうね。

宮部　共振する部分がない。それこそ自分の中で地図が変わっちゃってるんですね、その瞬間にね。

佐高　まあ、外のと、自分のと、両方、変わっていくんでしょうね。

宮部　地図が変わるというのはすごく鮮やかな、よくわかる表現ですね。

暗い苦しい過去があったからこそ……

佐高　藤沢さんと私を一緒にすると藤沢さんに大変申しわけないけど、私が友達から言われて、へえ、そうかなと思ったのは、「佐高、ふだん怒《おこ》らないよね」と。

宮部　ええ、ええ。

佐高　ちっちゃいことには怒らないけれども、書く物を見ると常に怒っているみたいだと。まあ、私のことは別にしても、藤沢さんという人はものすごく大きなことに対して怒《いか》ってたんだと思うんですね。まさに宮部さんが言われた、働いて真っ当に生きている人間が不幸せになるような社会に対しては我慢ならない。

宮部　ええ。そうだと思います。

でもほんとに、亡くなられてもう一年半ですねえ。あ、これ読んでないっていうのがいっぱいあって、ですからまだ、ああ全部読んじゃったたっていう悲しみはないんですけども、すごく大きな灯台が消えたなあというがっくりした気持ちがやっぱりいまだにありますねえ。

佐高　『三屋清左衛門残日録』を、城山さんはやっぱりいちばんの傑作じゃないか、みたいなことを言ってました。

宮部　あの中にもいくつかのエピソードにまたがって、昔、自分よりは先に出世コースを進んでいった同僚が途中から外れて、もう、うらぶれて、対決しなければならなくなるという話が出てきますけれども、そういうふうに、かつて主義のためにたもとを分かった友と、ある年齢になって、それぞれに家族とか自分の部下とかをもって、それを支えたうえで、対決しなければならなくなるというのは、藤沢先生の終生のテーマの一つといいますか、作品世界の中でわりと何回も何回もお書きになっていることで、もしかしたらご自分にもそういう体験があったのかなあとか、ちょっと勘繰っちゃったんですけどね。ある時期すごく親しかった友と、あることでたもとを分かったということがあったのかなあと。

佐高　ああ、なるほどね。うーん。それはやっぱり宮部探偵の推理でしょうねえ。

宮部　あははは。

佐高　また、ある意味で言えば、人間と人間の対決とか出会いというのは全部そうでしょう？　それぞれが全部、何かかんか、持っているわけですよね。だから、おっしゃるように何かあったのかもしれないけれども、また、それぞれが全部抱えているんだよっていうことを教えているという感じもしますね。

宮部　本当にひとりでさっそうとかっこいいヒーローなんて、絶対出てきませんよね。やむにやまれぬ事情があったり……。私、市井物で『よろずや平四郎活人剣』て、すごく好きなんですけど、やっぱり冷や飯食いの旗本の妾腹の子で、すごくいじめられてて、だけど長兄とは何となくうまくいっている。その長兄が幕府の偉い人で、いろいろな探索のことなんかを頼まれちゃ、「しょうがないな」と言って出かけていくんですけれども、その彼もいろいろ抱えているんですね。一緒になるはずだったいいなずけと事情があって無理やり引き裂かれてとか……。

　確かに平四郎は剣の腕は立つし、かなりかっこいいヒーローなんですけれども、決して全部が全部、満点ではない。その辺がやっぱり、ああ、いかにも先生らしいなって思う。だからすごく好きなんです。最後はその生木を割《さ》かれるように別れたいいなずけと幸せになれるんです。それがまたうれしくて……。
佐高　『喜多川歌麿女絵草紙』もなかなかおもしろかったですね。
宮部　歌麿について書いた？
佐高　歌麿をめぐるそれぞれの女を……。勧めてくれたのが学生時代の寮の友達なんです。彼は私の一つ下で、病気をして清瀬の病院に入るわけですよ。そのときに私は寮の友人と見舞いに行ったんですが、それ以来会ってなかったんです。彼はスチュワードになるんですが、つい二年ぐらい前、飛行機でばったり会ったんです。その男に勧められたのが、『喜多川歌麿女絵草紙』なんです。
ほら、何を勧めるかによって、勧める人のまた何かがわかるでしょう？　彼はすごくまじめで、そんなにはめを外さない男なんだけども、ああ、彼がこういうものを勧めるのか、みたいなね。
宮部　『白き瓶』とかじゃなくて、『女絵草紙』のほうだったっていうのがいいですね。
佐高　そうそう。
宮部　読んでみよう。
佐高　女の人はやっぱりさっき言われた身持ちの悪い男にほれる——宮部さんも危ないかもね（笑）。
宮部　へんに甲斐性が出てきちゃったんで（笑）。

佐高　うん。たいてい、しっかりしてる――まあ、宮部さんはしっかりしてるとも言い切れないかもしれないけど……（笑）。
宮部　はい（笑）。
佐高　しっかりしてるのが、何か、どうでもいいのに引っかかるわね。
宮部　それもやっぱり人間がずうっと繰り返してきたパターンという感じですよね。
佐高　そうそうそう。
宮部　でも、藤沢作品の中の女性って、みんな、魅力的で、すごく先生お優しいんですよね、女性に対して。悪い女も書くんだけど、やっぱり、人間全体に対してそうなんですけど、こういう女はいるよね、どの女にもこういうところはあるよね、みたいな……。
　先ほどの『三屋清左衛門残日録』にもすごく魅力的なおかみが出てきますよね。私は、この人が正式に後妻にはならなくても仲よくなるのかなあと思っていたら、離れていっちゃいますよねえ。暴力亭主に虐げられた経験があったりして。だけど、彼女も陰のある女性で、陰があるからこそ、魅力的な女性になっている。それは登場人物としてではなくて、こういう陰があって、暗い苦しい過去があったからこそ、人間としてこれだけこの年齢で魅力的な女になっているんだなあっていう書き方をしてあるから、そうすると、たとえば一回や二回、不幸があっても、五十歳ぐらいで魅力的な女性になれるのなら、めげちゃいけないんだなって思う。そういう読み方もできる。

佐高　それは、女はやっぱり四十からでしょう。

宮部　あ、それはうれしいっすね、なんて……。ふっふっふ。

佐高　別のところで三十と言ったけど（笑）……。それはともかく、三十以前は女でないっていうのは私の持論です。

宮部　ありがとうございます。

佐高　まあ、三十以前は相手にしてくれないということもあるけど（笑）、しかし、本当にそうだと思いますよ。

本当の「癒やし」とは……

宮部　ごく普通の人間がごく普通に生きていても、たとえば世間さまに顔向けできないようなことや、もう自分でも思い出したくないようなことの一つや二つ、ありますよね。それこそがやっぱり人間の傷なんだし、それを大げさに見せはしないけど、生身の人間として、その傷をいっしょに生きてゆく人間を、きちっと書いていくことが大切なんだろうなって、思っているんです。でも、それは改めて気づくまでもなく、藤沢作品には何回も何回も出てくることだなあと思います。

佐高　許されざるものでしょ？　傷っていうのはね。しかし、その傷に負けてはいけない。

傷に負けるっていうことは生きていけないっていうことだよね。

宮部　そうですね。

佐高　傷を負って生きるっていうのは、許されないもんだと覚悟して生きるということでしょう。藤沢さんの作品と比べてほかの一般的な小説を見ていて思うのは、何か許してほしいみたいな、ある種のさもしい下心が見えちゃう。

宮部　それは感じることありますね。

佐高　藤沢さんの場合はやっぱりそれは許されないものだと覚悟して生きていくっていう、ね。

宮部　それでも生きていって……。その生きていく先に、許されないものをしょっていても、小さい幸せがあったり、小さい理解があったりする。それが大切なんだと。人生は累積であって、あるところで御破算して、また新しく「願いましては――」にはならないよと。そういうものだよ、人間はと。

佐高　そうそう。

宮部　だから、今イヤだなあと思うのは、わりとお手軽に癒やしの小説という言葉が使われていることです。藤沢先生の小説では、人間はそう簡単に癒やされるものではないし、簡単に癒やされるようではいけないんだと。だからこそ、私たちは読んで癒やされるんですよね。

佐高　やっぱりそれはねえ、苦界は癒やされないですよ、苦界に入ったら。

宮部　あっはっはっは。

佐高　それは簡単に癒やされるもんじゃないですからね。ずっと負っていかなきゃならない話です。

宮部　特に私はその「癒やし」っていう言葉を簡単に使うのがすごく嫌で、「読んで元気が出ました」ぐらいでいいじゃないですかと。「こういうことで苦しんでいるのは自分ひとりじゃないんだな」「ああ、なるほど。こういうふうなことがあるんだな」。それでいいじゃないかと。

佐高　「私も、あしたまた、生きていけます」みたいなね。

宮部　ええ。何か殊《こと》さら大げさに「癒やし」という言葉を使うと、それ自体が軽くなっていっちゃうし、まがいものになっていっちゃう。ほんとに癒やされる小説というのはやっぱりそうたくさんの人が書けるものではないですよ。年季も必要だし、その方がどれぐらい苦界で自分自身の中にいろいろなものをためてきたかということにかかっていると思うんですよ。たとえば、たかだか今、私なんかが書くものぐらいで簡単に癒やされちゃったら駄目ですよ。そんなもんじゃないですよ。これはもう、ホントのことです。

佐高　うーむ。やっぱり身振りの大仰さが目立つというか、長嶋のホームランみたいなね、エラーするにも大げさみたいなね、それはちょっと困るよっていう感じはしますよね。

宮部　何でも簡単に使いすぎると、言葉は特にそうですけど、ほんとに風袋《ふうたい》だけになっていってしまう怖さがあると思うんですね。

佐高　簡単に癒やされないんだよっていうことだよね。それは『白き瓶』なんかを見たってね、ある種、陰々滅々になってくるところがありますよね。

宮部　ええ。ちょっとびろうな表現ですけど、水洗トイレに水を流すように簡単に自分自身が浄化されると思っちゃいけない。それが癒やしではないんだということですよね。

佐高　そうそう。ある種、罪を発酵させなきゃならないですね。

宮部　そうですよね。やっぱりずっと落ちて下にあるんだよっていうことです。ほんとにびろうな話ですけど。

佐高　流したつもりのやつをもう一回鼻先に突きつけてやろうかっていう話でしょ？

宮部　そうですよね。だから、ああ、これが本当の小説なんだなあって、読んでいて思いますね。

白石にみる政治家たるべき姿

佐高　『市塵』はどうです……。

宮部　今、いちばん、政治家に読んでほしい小説。

佐高　そうですねえ。

宮部　本当によく働く人だったんだなあと思います、新井白石という人は。こんなに病気して苦労しながら休まないんだなあっていうのが、私は最初読んだときの感想だったんです。

佐高　それと、それなりの策略とか、人間をそれぞれのかたちで利用する――利用するっていうのかなあ、そういうこともやっぱりあるわけですよね。

宮部　でしょうね。人の上に立つ人はそれをしなければならないわけですね。

佐高　そうそう。丸山眞男さんが亡くなって、あの人は戦争を迎えたときはまだ若かった。二十代ですね。軍隊に行っていたわけです。それで、東大に戻ってきて、そのときに若手の、教授にもなってないような人たちが、上の、戦争に協力した教授たちを追放するという話になるわけですが、追放されるほうに我妻栄という民法の有名な先生がいて、この人が若き丸山さんにちらっと「転向にも能力が要《い》るんだよ」と言ったそうです。

　要するに転向というのは、転向させようと思う力が働いて、そのなかで起こるわけです。転向させなくてもいいという人にはそういう力は働かない。そうすると、いわゆる無能っていうような人たちは、無能であるがゆえに転向しなかったっていうのもあるわけでしょ？

宮部　そうですね。

佐高　それに対して「転向にも能力が要るんだよ」という表現で我妻さんがにこっと笑ったか、した。その言葉が忘れられないと丸山さんは書いているんです。転向しなかったとか、政治についてまったくきれいだったとかいうときに、やっぱり日本の評価としてはある意味では無能を褒めたたえるようなところもある。
宮部　ええ、ええ。
佐高　そうじゃなくて、やっぱりいいことをするにも悪いことをするにも能力は要るわけです。悪いこともできないけど、いいこともできないっていうんじゃね。昔、薬学を毒物学と言ったっていうんだよね。つまり、薬というのは毒なわけですよ、明らかにねえ。
宮部　はい。
佐高　「毒にも薬にもならない」ってよく言うけども、まさに毒にも薬にもならない政治家であっては困るわけでしょう？
宮部　そういう人が今度、首相になっちゃいましたけど（笑）。
佐高　そうそうそう。いい人だけど、どうでもいい人だっていう（笑）話になっちゃう。そうでないところを藤沢さんはここで書いている。
宮部　ですね。歴史上では策謀の人とか、役者上がりとか、また陰間《かげま》上がりとか言われて評判の悪い間部詮房が非常に魅力的な参謀として出てきますよね。
　これもいかにも藤沢先生らしいなという感じがします。人間というのは、おんなじことの繰り返しになってしまいますけど、いろいろなベクトルを持っていて、善も悪も共有しているし、だから、ある一面からだけ見て評価することは絶対できない。それをした瞬間に小説の中に生きた人間を書くことはできなくなってしまう。全部正しい善はないし、全くの悪もない。策謀をめぐらすから悪い人であると、日本人はちょっと単純に考えるところがありますよね。それは違うんだということが、『市塵』を通して読むと、よくわかるという気がするんです。

間部詮房が、鶴姫が死んだときにすぐ、もう、次は「おぬしと私の時代だ」と言って、「よくそういうところに頭が回るな」って、新井白石がびっくりするところがありますけど、そういう人って、日本では臭みがあると言って嫌われますよね。だけど、大切なことです、特に組織を統一したり国を動かしたりするためには。そういう意味では、私は組織とか政治とかに詳しくないんですけど、これを読んだときに、ああ、政治家のあるべき姿ってこうなんだろうなって思ったんです。

佐高　そう。それで、やっぱり間部がいることによって白石が生きるっていうことがありますね。白石だけで何かやれるわけではない。それは見事に押えています。

宮部　実在の人物でかなりかたい話なので、『市塵』はちょっと敬遠してたんですが、あるとき何かでふっと読み始めて、あらためてああ、ほんとにいいタイトルだなと思ったんです。これは政治家小説だし政治小説なんだなっていうふうに読んだんですけれども。

佐高　それぞれがそれぞれの人生だと言いながら、どこか許されざるものみたいな一線は勘定奉行・荻原重秀に対して引いてますよね。

宮部　この奸物めっていう……。

佐高　そうそうそうそう。
宮部　すごくはっきりした言葉でののしってますよね。
佐高　荻原重秀の貨幣改鋳をねえ。
宮部　ある立場にいる人間がやってはいけないことというのが厳然としてあるんだっていう……。
佐高　そうですね。
宮部　すごく強い線を引いた書き方ですよね。
佐高　直江兼続《なおえかねつぐ》のことを書いたのは『密謀』でしたっけ。
宮部　そうですね。
佐高　あれもやっぱりある種の政治小説っていえば政治小説かもしれないですね。
宮部　時代小説、歴史小説って、考えてみたら政治小説としてすぐれたものが出やすいのかもしれませんね。

内からのものを呼び覚ます力

――最後に藤沢さんの小説が、多くの人の心をうち共感を呼ぶ理由は、どういう点にあるとお考えですか。

佐高　日本海側の激しくて暗いなかでも人間は生きているわけですね。それと、雪っていうのがあって、いろんなものを閉じ込めてしまう。それで、寒さというときに、寒さに凍えた人間をいきなり暖かい火に当ててもだめなんですね、たしかに。

宮部　ええ。

佐高　逆にある種、雪で摩擦するようなことも必要だみたいな話がありますけども、藤沢さんの作品はそれぞれの凍えた気持ちとか魂みたいなものを火に当てるっていうよりは、雪で摩擦するみたいなところがあります。それで暖めていく。簡単にストーブで暖めるみたいな話じゃなくてね。

宮部　雪で摩擦することで本来持っているはずの体温を引き出す。

佐高　そうそうそう。だから、外からではなくて内からのものを呼び覚ますみたいなね。それがやっぱり本当の意味の生きる力を与える源なんでしょうね。

宮部　だからこそ、逆境にある人が一編一編泣くようにして読んだ……生きる力が出てくるわけですね。

佐高　そういうことだと思います。それがある意味では、私は、司馬遼太郎という人とちょっと対照的なところなのではないかなと思うんです。やっぱり司馬遼太郎という人は治める者の立場から書いてますでしょう。

宮部　そうですね。

佐高　そうすると見えないものがある。まあ、上からで見えるものがあるとも言うけども、そうではなくて、やっぱり藤沢さんはどっちかというと運命を含めて操られる者の立場から書いてますよね。
宮部　はい。
佐高　多くの人はやっぱり操られるもので、特に今の日本なんかを見ていれば、愚かなる指導者に操られる我々っていうところで、すごく共感を呼ぶんだろうと思います。
宮部　そうですね。だけど、お手軽ななぐさめの暖房ではなくて……。
佐高　そう。
宮部　そこがやっぱり要ですよね。今、何でもすぐ答えが出て、スイッチをつけたらすぐ暖かくなる。そういうものばっかりをどうしても私たちは求めがちですけども、そうではないんだということを教えてもらえると思います。
佐高　だから、なおさら絶えないっていうか、くめども尽きぬみたいな感じがありますよね。
宮部　はい。
佐高　ほんとにねえ、『蟬しぐれ』を今回読み返して、やっぱりところどころ覚えているところはあるんだけれども、また、初めて読むような感じもするんです。すっと引き込まれるというか……。
　そこら辺がやっぱりすごいなっていう感じがしますよねえ。

宮部　一回読んだものでも、ほんとに、たとえば何年かたって読むと、全然違う読み方ができる。それはその何年かの間に自分がまた少し世の中の、小さくても、全然違うベクトルを感じるということがあるからでしょう。そうすると、ああ、この文章は、この前はわからなかった、読み飛ばしていた、だけど、今回はすごく心に残ると感じる。何度も何度も読んで、そのたびに発見がある小説だと思うんです。

佐高　そうですね。だから、藤沢さんのエッセイがありますが、『小説の周辺』とか、『周平独言』ですね、ああいうのを挟みながら読むと、また違った見方ができるのではないかなという感じはします。

あとがき

『プレジデント』の一九九四年七月号で、経済評論家の神崎倫一《こうざきりんいち》さん、作家の常盤新平《ときわしんぺい》さんと池波正太郎についての座談会をした。そこで私は「池波派」と「藤沢（周平）派」があるとすれば、自分は「池波派」だと宣言している。

常盤さんには「近親憎悪じゃないか」と冷やかされたが、神崎さんは、

「佐高さん流の分類をすれば、僕はどちらかというと藤沢ファンだなあ」

と言っていた。

その私が、この本では、最初から藤沢派だったようにして、司馬遼太郎との対比を書いたり、語ったりしている。宗旨替えしたのかと詰問されそうだが、藤沢の死に接して、改めて身近だったことを発見したところがある。やはり、〝近親憎悪〟的な感じで敬遠していたのかもしれない。

それはともかく、司馬と対置させるためには、池波ではなく、藤沢でなければならないと思った。

端的に言えば、司馬は商人であり、藤沢は農民である。そして、池波は職人である。職人と商人をコントラストさせることはできない。いささかならず調子のよい商人に対抗するためには、寡黙に働く農民のエネルギーをもってこなければならないのである。

「藤沢さんは架空の海坂藩の坂道をみぞれ混じりに背中を丸めて歩いているという感じ」がすると、神崎さんは前記の座談会で語っている。そこで私はこんなことも言った。

「私はね、雪国に生まれたことに理不尽な怒りがあるわけですよ。絶対消えない恨みがある。雪国でない人は恵まれていて、あいつらはけっして許せない気持ちがどこかにあるんです。そんな意識を藤沢さんにも強く感じます」

おそらくというか、きっと、「雪国でない人」からは反発を買うだろうが、不利な条件を背負わされている人、あるいは不幸な境遇にある人にすぐに親近感を抱《いだ》いてしまう藤沢の性向は、雪国生まれと無縁ではない。

『味の手帖』の一九九七年五月号で、アサヒビール会長の樋口廣太郎さんと対談したとき、司馬と藤沢の話になって、樋口さんが、

「司馬さんは好きだけど作りすぎるの。『坂の上の雲』にしても何にしても栄光を当てようとするでしょう。だから藤沢さんとぜんぜん違うんだよ。藤沢さんの小説は、自分が暗いときに読むともうたまらないんだなあ。居ても立ってもいられない」

と述懐したのは印象深かった。

「藤沢周平はきれいですよ。美意識が最後まで残っている。だけど辛いね、あれは。あまりにもきれいすぎて」

とも樋口さんは語っていたが、記憶に残る発言である。

同郷ということも影響しているのか、この本で私は明らかに藤沢に寄って書いている。ただ、「司馬遼太郎がなぜ読まれるか」も色川大吉さんや石川好さんとの対談を含めて、かなり深く追跡したつもりである。

最後を、藤沢周平についての宮部みゆきさんとのしみじみ対談で締めさせてもらったのもありがたかった。

先ごろ、作家の吉村昭さんが「司馬遼太郎賞」の受賞を断わったという。司馬さんの作品をほとんど読んでいないので受賞する資格がないと言ったらしいが、なかなか、できることではない。同賞は第一回が立花隆さん、第二回が塩野七生《しおのななみ》さんに与えられている。これを契機に司馬遼太郎論が活発に展開されるかもしれない。この本がその素材になれば幸いである。

佐高　信

一九九九年五月二十八日

文庫版へのあとがき

特に司馬遼太郎批判の部分について、予想以上の反響があった。『北海道新聞』の一九九九年九月十九日付の読書面でそのことを語ったが、その部分を次に引こう。

「驚いたのはこの本を読んだという読者から出版社にたくさんの手紙などが寄せられたことです。手紙の八割が、司馬ファンからの抗議的な内容で、こんな本買って損したと。そう言いながらよく読んで長々と批判して書いてきています。ファンにとって司馬さんは導いてくれる神様なんでしょうね。神様を求める心というのが、情けないじゃないかというのが私の書き方ですからね。あらためて司馬さんの罪の深さを思いました。ある作家からよく書いたねと電話をもらいましたが、批判はある種の文壇タブーになっているんでしょうね。一億冊以上の本が売れ、国民的作家といわれる司馬さんをめぐっての翼賛体制といえるのではないですか」

このインタビューの見出しは「司馬遼太郎が読まれる不幸」である。同紙編集委員の谷地智子さんは、この本を手に取って「あの辛口の評論で名高い」私が文芸評論をするのかとちょっと意外に思ったという。しかし、「読んでみると二人の作家をさまざまな角度から比較検討した作家論であり、特にものの見方の両者の差異を作品などを挙げながらくっきり際立たせたところが面白い」と書いてくれている。

では、「すしならさび抜き」と小見出しがついた同紙の私の発言で結ぼう。

「二人の対比を象徴的にいえば、江戸城はだれが造ったのかというときに、太田道灌と答えて迷いがないのが司馬さんで、大工と左官と答えてそれを笑い話にしないのが藤沢さんだろうということですね。司馬遼太郎が読まれる不幸、持ち上げられ過ぎている不幸というふうなものを書きたかったということもあります。司馬さんは日本の歴史を見るときに天皇の問題をはずすとよく見えると言っていますが逆だと思います。すしで言うとさび抜きみたいなもんですね。そこに安心して政財界の腐敗エスタブリッシュメントが読む理由もあるんだなということです」

二〇〇二年三月二十五日

佐高　信

一九九九年六月　光文社刊

知恵の森文庫

司馬遼太郎《しばりょうたろう》と藤沢周平《ふじさわしゅうへい》 「歴史と人間」をどう読むか

佐高《さたか》 信《まこと》

2002年 5月15日 初版1刷発行
2003年 3月25日 3刷発行

発行者―松下厚
印刷所―公和図書
製本所―フォーネット社
発行所―株式会社光文社

〒112-8011 東京都文京区音羽1-16-6
電話 編集部(03)5395-8282
販売部(03)5395-8113
業務部(03)5395-8125
振替 00160-3-115347

ISBN4-334-78154-3 Printed in Japan

お願い

この本をお読みになって、どんな感想をもたれましたか。「読後の感想」を編集部あてに、お送りください。また最近では、どんな本をお読みになりましたか。これから、どういう本をご希望ですか。どの本にも誤植がないようにつとめておりますが、もしお気づきの点がございましたら、お教えください。ご職業、ご年齢などもお書きそえいただければ幸いです。

東京都文京区音羽一・一六・六
（〒112・8011）
光文社〈知恵の森文庫〉編集部
e-mail：chie@kobunsha.com